देवदत्त पट्टनायक एक मशहूर लेखक, पुराण-विद्या विशेषज्ञ तथा लीडरशिप सलाहकार हैं। उन्होंने पचास से अधिक पुस्तकें लिखी हैं, उनके सैकड़ों लेख प्रकाशित हुए हैं, तथा उन्होंने भारतीय पौराणिक ग्रंथों, संस्कृति, बिज़नेस तथा प्रबंधन पर कई वार्ताएँ की हैं। उनकी लिखी पुस्तकों में शामिल हैं : राम की गाथा, मेरी हनुमान चालीसा, श्याम, बिजनेस सूत्र, सीता : रामायण का सचित्र पुनर्कथन, जय : महाभारत का सचित्र पुनर्कथन, देवलोक श्रंखला।

उनकी लीडरशिप कोच, प्रबंधन सलाहकार तथा विविधता व संस्कृति के वक्ता के रूप में काफ़ी माँग है। उनके टीवी शो में सीएनबीसी-टीवी18 पर बिजनेस सूत्र और एपिक टीवी पर देवलोक शामिल हैं। उनके बारे में और अधिक जानकारी के लिए www.devdutt.com पर जाएँ।

देवदत्त पट्टनायक की अन्य पुस्तकें :

- बिज़नेस सूत्र
- टैलेंट सूत्र
- सक्सेस सूत्र
- मेरी हनुमान चालीसा
- मेरी गीता
- देवलोक : देवदत्त पटनायक के संग
- श्याम : भागवत कथा का सचित्र पुनर्कथन
- जय : महाभारत कथा का सचित्र पुनर्कथन

लीडरशिप सूत्र

शक्ति का भारतीय दृष्टिकोण

देवदत्त पट्टनायक

रेखाचित्र लेखक द्वारा

अनुवाद : नीलम भट्ट

MANJUL

मंजुल पब्लिशिंग हाउस

MANJUL

मंजुल पब्लिशिंग हाउस

कॉरपोरेट एवं संपादकीय कार्यालय

• द्वितीय तल, उषा प्रीत कॉम्प्लेक्स, 42 मालवीय नगर, भोपाल-462 003

विक्रय एवं विपणन कार्यालय

• 7/ 32, अंसारी रोड, दरियागंज, नई दिल्ली-110 002

वेबसाइट : www.manjulindia.com

वितरण केन्द्र

अहमदाबाद, बेंगलुरू, भोपाल, कोलकाता, चेन्नई,
हैदराबाद, मुम्बई, नई दिल्ली, पुणे

मूल अंग्रेजी संस्करण एलेफ बुक कंपनी द्वारा प्रकाशित

देवदत्त पट्टनायक द्वारा लिखित मूल अंग्रेजी पुस्तक
द *लीडरशिप सूत्र* का हिन्दी अनुवाद

The Leadership Sutra by Devdutt Pattnaik – Hindi Edition

यह हिन्दी संस्करण 2021 में पहली बार प्रकाशित

ISBN 978-93-90924-98-1

हिन्दी अनुवाद : नीलम भट्ट

मुद्रण व जिल्दसाज़ी : थॉमसन प्रेस (इंडिया) लिमिटेड

अनंत पुराणों में छिपा है सनातन सत्य,
इसे पूर्णतः किसने देखा है?
वरुण के हैं नयन हज़ार,
इंद्र के सौ,
आपके मेरे केवल दो।

अनुक्रम

प्रस्तावना

दुर्गा हिंदू धर्म के साथ-साथ बौद्ध तथा जैन धर्म में शक्ति की देवी हैं। उनका नाम दुर्ग (किला) शब्द से निकला है। वे राजाओं की देवी हैं। वे जंगल के राजा सिंह की सवारी करती हैं जो कि चीन से लेकर इंग्लैंड तक हर जगह राजसी गौरव का प्रतीक है। हममें प्रबंधन में शक्ति की भूमिका के इर्द-गिर्द सबकुछ जानने की प्रवृत्ति होती है और खुले तौर पर यह मानने में विफल रहते हैं कि कैसे वर्चस्व जमाने की पशुवत इच्छा संगठन की श्रेष्ठता को अक्सर बर्बाद कर देती है। आलोचकों में शक्ति को नकारात्मक वस्तु के रूप में देखने की प्रवृत्ति होती है। लेकिन शक्ति एक महत्त्वपूर्ण साधन है जो कि किसी भी विचार को लागू करने को प्रभावित करता है। इसे नियमों के जरिए सीमित करने की किसी भी कोशिश का परिणाम अनुकूल बनाने और नाखुशी के रूप में सामने आता है तथा संगठन में जान फूँकने में विफल रहता है। नेता अक्सर अपनी तुलना सिंह से करते हैं और वर्चस्व क़ायम करने की इच्छा जताते रहते हैं जबकि वास्तव में नेतृत्व का लक्ष्य हम सबमें विकसित होने वाले सिंह के भाव से पर्याप्त सुरक्षित रहने तथा हमारे आसपास के लोगों को सामर्थ्यवान और शक्तिशाली बनाने का होना चाहिए। लेकिन यह आसान नहीं है क्योंकि श्रेष्ठ नेताओं में भी अधिक शक्ति पाने की उत्सुकता होती है।

यह पुस्तक बिज़नेस तथा प्रबंधन के बारे में भारतीय दृष्टिकोण वाली मेरी पुस्तक *बिज़नेस सूत्र* से निकली है। यह महत्त्व के लिए मानव की खोज का अन्वेषण, अपने मूल्य को बढ़ाने के लिए संपत्ति के महत्त्व, आत्म-सम्मान वाले लोगों को वंचित करने के लिए नियमों की ताक़त तथा आज़ादी की क़ीमत पर स्थिरता की ज़रूरत पर केन्द्रित है।

इस किताब में विचार 'सूत्र' के रूप में दिए गए हैं। शीर्षक में उपयुक्त शब्द 'सूत्र' (शब्द या धारणा) के दो विशिष्ट अर्थ हैं :

- सूत्र एक धागा है, जो विभिन्न बिंदुओं को जोड़कर एक नमूना तैयार करता है। यह पुस्तक जैन, हिंदू और बौद्ध परंपराओं के असंख्य विचारों को एक साथ बाँधती है, ताकि भारतीय तरीक़े को समझने के लिए एक समन्वित समष्टि की रचना की जा सके। इसी तरह यह ग्रीक व बाइबल संबंधी विचारों को भी अलग से एक सूत्र में बाँधती है, ताकि पश्चिमी तरीक़े को समझा जा सके और साथ ही चीन के चिंतन को समझने के लिए कन्फ़्यूशियसवाद व ताओवाद को भी। इनमें से प्रत्येक हार मनुष्य ने बनाया है और वह मेरे सत्य को प्रकट करता है, परम सत्य को नहीं।
- सूत्र का अर्थ सूक्ति भी है, एक सूक्ष्म वक्तव्य। यह किताब इन सबसे भरी पड़ी है। वे बीज की तरह हैं, जो मस्तिष्क में बोए जाने पर पौधे का रूप ले लेते हैं। पौधे की प्रकृति मस्तिष्क की गुणवत्ता पर निर्भर करती है। भारतीय ऋषि-मुनि लिखित शब्द से दूर रहे, क्योंकि उन्होंने महसूस कर लिया था कि विचार कभी भी निश्चित व नियत नहीं होते; वे दाता व ग्रहण करने वाले की बौद्धिक और भावनात्मक क्षमताओं के अनुसार रूपांतरित हो जाते हैं। इस प्रकार, विचार चेतन होते हैं। कई ऋषि-मुनियों ने विचार को व्यक्त करने के लिए सूत्रों के बजाय प्रतीकों को चुना। किसी एक व्यक्ति को जो नग्न आदमी जैसा दिखाई देता है, वही किसी दूसरे को मस्तिष्क की प्रकृति के रूप में दिख सकता है। दोनों ही व्यक्तियों के दृष्टिकोण से जवाब सही हैं। कोई मानक उत्तर नहीं है। यहाँ मुद्दा अपने मस्तिष्क का इतना विस्तार करने का है, ताकि

अधिक से अधिक दृष्टिकोणों को समाहित किया जा सके और उन्हें एक अलग संपूर्ण सूत्र में पिरोया जा सके।

ये सूत्र 'भारत में निर्मित' हैं लेकिन 'पूरी दुनिया के लिए' हैं। वे लाभ के बजाय भूख के ज़रिए मानवता के प्रति ध्यान खींचकर आधुनिक मैनेजमेंट के अनुपूरक हैं।

लीडरशिप सूत्र

महत्त्व संपत्ति नियम स्थायित्व

शक्ति की इच्छा देखने की मानव क्षमता को दिव्य-दृष्टि कहा जाता है। पौधे उन जानवरों से नहीं भाग सकते, जो उन्हें खाते हैं, लेकिन जानवर अन्य शिकारी पशुओं से दूर भाग सकते हैं। शिकार अपने शिकारी के भय में जीता है, वह नहीं जानता कि कब उसे घात लगाकर शिकार बना दिया जाएगा। लेकिन वह कभी बाहरी मदद माँगने की बात नहीं सोचता। दूसरी ओर, इंसानों में अधिकार की भावना होती है और वे लगातार बाहरी मदद की इच्छा रखते हैं। वे शोषण से डरते हैं और सुरक्षा चाहते हैं, चाहे वह बाड़ के रूप में हो किले या दुर्ग के रूप में। 'दुर्ग' से शक्ति की देवी दुर्गा निकलती हैं।

दुर्गा को शक्ति से अलग करके देखा जाना चाहिए। शक्ति आंतरिक शारीरिक व मानसिक ताक़त है, जो हर प्राणी में जन्मजात होती है। दुर्गा बाहरी शक्ति का प्रतीक है, जो यंत्रों, प्रौद्योगिकी, क़ानूनों, पदवियों व संपत्ति में मौजूद होती है। यह बाहरी शक्ति इंसानों को उनका सामाजिक दर्जा देती है, संगठनात्मक अनुक्रम में एक ऐसी स्थिति, जिसमें वे अपनी शारीरिक व मानसिक शक्तियों के बावजूद सुरक्षित महसूस करते हैं।

इस कथा में यह बात स्पष्ट की गई है : एक बार देवताओं ने महिषासुर से सुरक्षा पाने की बात सोची। उन्हें यह परामर्श दिया गया कि वे अपनी आंतरिक शक्तियों को उन्मुक्त करें। आंतरिक शक्ति का मूर्त रूप ये देवियाँ प्रकट हुईं और एक प्रज्ज्वलित प्रकाश में विलीन हो गईं, जिससे एक नई बाहरी देवी दुर्गा का सृजन हुआ। दुर्गा के कई हाथों में विभिन्न अस्त्र-शस्त्र थे और वे सिंह की सवारी कर रही थीं। दुर्गा ने महिषासुर को मार दिया और राजाओं की देवी बन गईं। उनके अस्त्र-शस्त्र तकनीकी खोजों व सामाजिक संरचनाओं का प्रतिनिधित्व करते हैं, जो इंसान को ताक़त देते हैं। सिंह हमारे भीतर मौजूद पशुओं की सहज प्रवृत्ति, प्रभुत्व जमाने, आक्रामक व अपने क्षेत्र की रक्षा करने की हमारी इच्छा का प्रतीक है।

शक्ति ना तो दी जा सकती है और ना ली जा सकती है; इसे केवल तपस्या से जगाया जा सकता है। यज्ञ के दौरान दुर्गा को दिया या लिया जा सकता है : सामाजिक संरचनाओं का उपयोग कर कोई व्यक्ति सशक्त या शक्तिहीन हो सकता है। दुर्गा की लालसा होना शक्ति के नहीं होने को प्रदर्शित करता है। दुर्गा शक्ति के ना होने की क्षतिपूर्ति करती है। जब शक्ति का आवाहन किया जाता है, तो दुर्गा के लिए भूख कम हो जाती है। यहाँ भौतिक शरीर की सुरक्षा नहीं की जा रही, बल्कि सामाजिक शरीर के माध्यम से मानसिक शरीर की सुरक्षा की जा रही है।

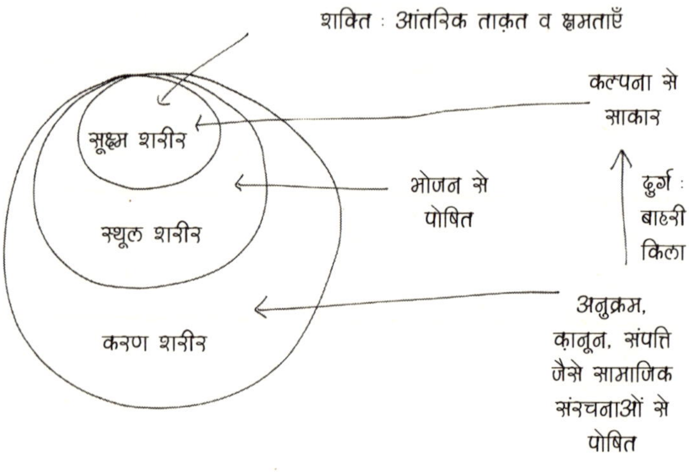

जैन पौराणिक कथाओं में वसुदेव के अलावा एक अन्य शलाका पुरुष हैं और वे हैं, चक्रवर्ती। चक्र का अर्थ है पहिया या वृत्त, जो गोलाकार क्षितिज की ओर संकेत करता है। चक्रवर्ती उस सबका स्वामी है, जिसका वह सर्वेक्षण करता है।

- चक्रवर्ती जानता है कि उसकी प्रजा महत्त्वपूर्ण महसूस करना चाहती है और दर्जा, भूमिका व उत्तरदायित्व चाहती है।
- वह जानता है कि लोगों का महत्त्व उनकी संपत्ति, प्रतिभा, कौशल से आता है, जो कि मूर्त व परिमेय है।
- वह नियमों का महत्त्व समझता है, क्योंकि उनके बिना दुनिया केवल ताक़त से चलने वाले जंगल जैसी हो जाएगी।
- वह स्थिरता की इच्छा रखता है, ऐसी दुनिया जिसमें निश्चितता हो और कुछ भी अप्रत्याशित नहीं हो।

इस अध्याय में हम महत्त्व, संपत्ति, नियम व स्थायित्व का अन्वेषण करेंगे और इसके माध्यम से एक चक्रवर्ती के अवलोकन को समझेंगे। दिव्य-दृष्टि रखने वाला यजमान जो दुर्गा के महत्त्व को भी समझता है, वह चक्रवर्ती के मार्ग पर चलता है। चक्रवर्ती की दृष्टि एक अग्रणी की दृष्टि होती है, जो पहले से स्थापित संगठन को मज़बूत करता है और अपने लोगों की नियति को निर्धारित करता है।

रमेश शैला को नौकरी पर नहीं रखना चाहते थे, क्योंकि एक तो वह लड़की थी और दूसरे वह निम्न जाति की थी। लेकिन ह्यूमन रिसोर्सेज़ के प्रमुख श्री सेनगुप्ता ने कम्पनी की नीति के बारे में बताते हुए कहा कि कम्पनी इस बात को लेकर बहुत स्पष्ट थी कि लिंग या जाति के आधार पर कोई भेदभाव नहीं किया जाएगा। रमेश चाहे या ना चाहे, लेकिन शैला को नौकरी पर रखना ही पड़ा, क्योंकि उनके पास नौकरी के लिए आवश्यक सभी योग्यताएँ थीं। कुछ समय बाद शैला ने बहुत अच्छी मैनेजर होने की प्रतिष्ठा प्राप्त कर ली। तीन साल से भी

कम समय में उन्हें जूनियर मैनेजर बना दिया गया। शैला का लड़की होना और उनकी बुद्धिमत्ता उनकी शक्ति का हिस्सा हैं। उनकी शैक्षणिक योग्यता उनकी दुर्गा है, जो उन्होंने बाहर से प्राप्त की है। कम्पनी के वे नियम जो सुनिश्चित करते हैं कि शैला के साथ सम्मान से पेश आया जाए, वे भी उनकी दुर्गा का हिस्सा हैं। समय के साथ जाति व्यवस्था के कारण उनकी सामाजिक स्थिति कमज़ोर हो गई थी, कार्यस्थल में पदोन्नति के कारण वह स्थिति शक्तिसम्पन्न हो गई। श्री सेनगुप्ता ने नियमों का उपयोग कर शैला को वह सब सुनिश्चित करवाया जिसकी वे हक़दार थीं, इस प्रकार सेनगुप्ता ने चक्रवर्ती की तरह व्यवहार किया।

महत्त्व

प्रत्येक मानव चाहता है कि उसे महत्त्वपूर्ण समझा जाए। सामाजिक संरचनाएँ नियमों व संपत्ति के माध्यम से उसे यह महत्त्व देती हैं। इस महत्त्व से हम प्रभुत्व जमाने की अपनी पशुओं की सहज प्रवृत्ति का उपयोग करते हैं और अतैव शक्तिशाली व सुरक्षित महसूस करते हैं। दुर्भाग्यवश, सामाजिक संरचनाएँ स्थायी नहीं हैं। किसी भी तरह का कोई भी परिवर्तन हमें शक्तिहीन बना सकता है; इसी कारण हम स्थिरता चाहते हैं।

हर देवता स्वयं को सहज यथार्थ से अलग तरीक़े से देखता है

चेहरे पर राख़ मले हुए शिव गहन सोच में डूबे थे। आँखें खोलने पर उन्हें गौरी द्वारा हाथ में पकड़ा हुआ दर्पण दिखाई दिया। कान्तिमान दिखने के लिए गौरी ने स्वयं पर हल्दी मली हुई थी। "आपको क्या दिखाई देता है?" उन्होंने पूछा।

"मुझे नश्वर मांस दिखता है," शिव ने कहा।

"लेकिन मुझे तो सुंदर देह दिखती है," गौरी ने कहा।

"वह तुम्हारी कल्पना है," शिव बोले।

"कल्पना के बिना मानवता क्या है?" गौरी का उत्तर था।

शिव मुस्कराए, क्योंकि वह सत्य था।

जब पशु आईने में देखते हैं, तो वे ख़ुद को पहचान नहीं पाते। वे सोचते हैं कि उसमें दिखता हुआ प्राणी कोई ख़तरा है या फिर कोई अवसर। यदि वह दोनों ही नहीं है, तो वे दूर चले जाते हैं और अपनी ज़िंदगी जीते हैं। कुछ कपि और डॉल्फ़िन अपने प्रतिबिम्ब को देखकर उत्सुकता दिखाते लगते हैं, लेकिन वे इंसानों की तरह उसे सक्रिय रूप से नहीं समझते, इसलिए वैज्ञानिक पूरी तरह से आश्वस्त नहीं हैं कि वे ख़ुद को पहचानते हैं। दूसरी ओर हम ख़ुद को आईने में देख पाते हैं। या क्या हम ऐसा करते हैं?

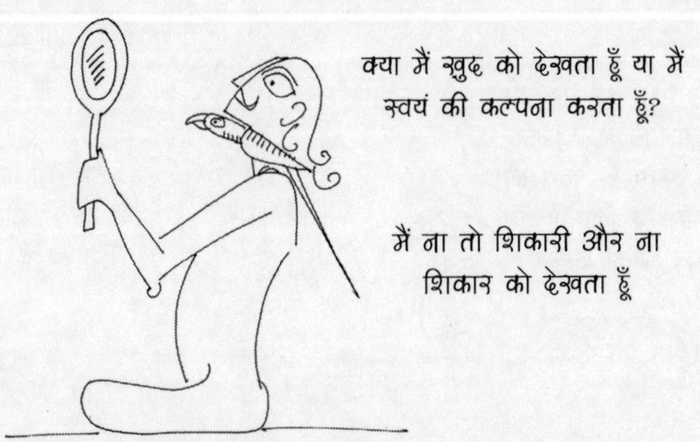

क्या हम स्वयं को देखते हैं या फिर हम अपनी कल्पना करते हैं? हमारी यह कल्पना स्वयं को लेकर हमारी अपनी मानसिक छवि होती है। मज़बूत कमज़ोर के रूप में, सुंदर अपनी कल्पना मज़बूत के रूप में और खलनायक अपनी कल्पना नायक के रूप में कर सकता है। ब्रह्मा को तो स्वयं की कल्पना करने से कोई नहीं रोक सकता।

प्रकृति का इस मानसिक छवि से कोई लेना-देना नहीं है। रामायण में जब हनुमान सीता को खोजने के अपने अभियान में समुद्र के ऊपर से जा रहे होते हैं, तो सुरसा राक्षसी उन्हें खाने की इच्छा से उनका रास्ता रोक लेती है। "मैं राम के अभियान पर हूँ। मुझे उसे पूरा करने दो, मैं वचन देता हूँ कि मैं वापस आऊँगा, फिर मुझे खा लेना।" सुरसा कहती है, "मैं अभियान या राम या वचन के बारे में कुछ नहीं जानती। मैं बस जानती हूँ कि मैं भूखी हूँ और तुम मेरे संभावित भोजन हो।"

प्रकृति केवल शिकारी व शिकार, पदानुक्रम में सबसे ऊपर मौजूद अल्फ़ा व उसमें सबसे नीचे मौजूद ओमेगा को पहचानती है। ये कार्यात्मक भूमिकाएँ हैं, जो उत्तरजीविता को सुगम बनाती हैं; ये स्थायी भूमिकाएँ नहीं हैं। इन्हें विरासत में नहीं पाया जा सकता।

मानव संरचनाएँ पशुओं व पौधों के लिए कोई मायने नहीं रखती। यही कारण है कि सभी जानवर व पौधे सभी इंसानों को एक जैसा समझते हैं। पानी संत व पापी, दोनों की प्यास बुझाएगा; पेड़ धनी व निर्धनों को छाया देगा; कुत्ता अपने स्वामी के प्रति बहुत श्रद्धा रखेगा, चाहे दुनिया उसे कितना भी बड़ा अपराधी समझती हो।

परिवार का सबसे बड़ा बेटा होने के कारण वीरेंद्र को बहुत प्यार व सम्मान मिलता रहा है। उनके अपने व चचेरे भाई-बहन उनके प्रति आदर रखते हैं। वे परिवार के रुपये-पैसे का हिसाब देखते हैं और जब भी प्रमुख निर्णय लिए जाते हैं, तो उनसे सलाह ली जाती है। लेकिन जब वीरेंद्र दफ़्तर जाते हैं, तो उन्हें बहुत बुरा लगता है। वहाँ हर काम को करने के लिए उन्हें अनुमति लेनी पड़ती है : फ़ॉर्म भरने होते हैं, स्वीकृति लेनी पड़ती है और आगे बढ़ने की अनुमति लेनी होती है। उन्हें लगता है कि उन पर विश्वास नहीं किया जाता या उनका सम्मान नहीं किया जाता। कार्यस्थल उनकी उस मानसिक छवि पर अपनी मोहर नहीं लगाता, जो उनके परिवार ने बनाने में मदद की है।

केवल दूसरा इंसान ही मानसिक छवि को अनुमोदित कर सकता है

दो लोग एक पुल पर एक-दूसरे के सामने आते हैं। वे दोनों अपेक्षा करते हैं कि दूसरा रास्ता छोड़ेगा, जबकि दोनों ही ऐसा नहीं करते। एक स्वयं को ज्ञानी ऋषि बताता है। दूसरा अपना परिचय एक शक्तिशाली राजा के रूप में देता है। ऋषि अपनी विद्वता सिद्ध करने के लिए मंत्रोच्चार करता है। राजा अपनी शारीरिक ताक़त दिखाकर अपनी शक्ति साबित करता है, लेकिन दोनों ही एक-दूसरे के सामने झुकने को तैयार नहीं हैं। ऋषि का मानना है कि विद्वता शक्ति से श्रेष्ठतर है। शक्तिशाली राजा का विचार है कि शक्ति विद्वता से बढ़कर है। अंततः ऋषि क्रोधित होकर राजा को श्राप देता है और वह राक्षस में बदल जाता है। वह राक्षस सबसे पहले अपने सामने खड़े ऋषि को खा जाता है। इस प्रकार दो व्यक्तियों की ज़िद के कारण दो ज़िंदगियाँ बर्बाद हो जाती हैं।

हर इंसान अपने आसपास के इंसानों द्वारा पहचाना जाना चाहता है। पहचान के साथ आता है, मूल्यांकन। ऋषि केवल एक मनीषी होने के नाते पहचाने जाने से ही प्रसन्न नहीं होता; वह उसके कारण महत्त्व चाहता है और इस महत्त्व का प्रदर्शन इस बात से होगा कि उसके लिए रास्ता छोड़ा जाए। ठीक इसी तरह राजा भी पहले रास्ता चाहता है, क्योंकि वह भी पहचाने जाने के साथ-साथ अपना महत्त्व व्यक्त करना चाहता है।

जब हम पहचाने जाते हैं, तो हम शक्तिशाली महसूस करते हैं। ऐसा ना होने पर हम शक्तिहीन महसूस करते हैं। जब हमारी अहमियत समझी जाती है, तो हमें दुर्गा प्राप्त होती है और जब ऐसा नहीं होता, तो हमें दुर्गा की प्राप्ति नहीं होती। हम महत्त्वपूर्ण महसूस करना चाहते हैं। हम सामाजिक अनुक्रम में अपनी स्थिति चाहते हैं। दूसरे शब्दों में कहें, तो हम अपनी औकात यानी दर्जा व प्रतिष्ठा की चाह रखते हैं। सामाजिक संरचनाओं का उद्‌देश्य हमें सामाजिक स्थिति और शक्ति देना है, जिससे हम शक्तिशाली व सुरक्षित महसूस करते हैं। हम सम्मान की कामना करते हैं और उस औकात की मान्यता चाहते हैं, जिसे हम अपना मानते हैं।

केवल इंसान ही अन्य इंसानों की मानसिक छवि का अनुमोदन कर सकते हैं। यही वजह है कि अजनबियों के बीच हम घबराहट महसूस करते हैं। हम तब तक असुरक्षित महसूस करते हैं, जब तक कि दूसरे लोग हमारी पहचान नहीं करते। अतैव हम अपने विज़िटिंग कार्ड का आदान-प्रदान करते हैं और अपना परिचय देते हैं। लेकिन केवल पहचाना जाना पर्याप्त नहीं है, हम चाहते हैं कि हमारी उपस्थिति महसूस की जाए और हमें महत्त्व दिया जाए। यही कारण है कि परिचय के बाद हम अपनी उपलब्धियों की बात करते हैं और साझा दोस्तों व संपर्कों का उल्लेख करते हैं, विशेषकर उनका जो सामाजिक रूप से उल्लेखनीय हैं, ताकि अन्य लोगों द्वारा हमें मान्यता दिए जाने व सांस्कृतिक अनुक्रम में हमारी स्थिति जानने के बाद हम अधिक शक्तिशाली महसूस कर सकें।

सिद्धू ने जब अभय का विज़िटिंग कार्ड देखा, तो उन्हें उसमें अभय की डिग्रियों, व्यावसायिक सम्पर्कों, उपाधियों, कई कल्याणकारी गतिविधियों व व्यावसायिक भूमिकाओं के वर्णन को देखकर आश्चर्य हुआ। सिद्धू समझ गए कि अभय अपनी सभी उपलब्धियों के लिए पहचान चाहते थे। वे चाहते थे कि उन्होंने जो कुछ किया था, उसके लिए उन्हें महत्त्वपूर्ण समझा जाए। अपने विज़िटिंग कार्ड के माध्यम से अपनी सामाजिक

भूमिकाओं का प्रचार करके अभय अपनी उस मानसिक छवि की ओर सबका ध्यान खींचते थे, जिसकी वे सबसे पुष्टि चाहते थे। कार्ड को देखकर जब लोग अभय के प्रति आश्चर्य व प्रशंसा व्यक्त करते, तो अभय को दुर्गा की प्राप्ति हो जाती थी।

हम किसी भी क़ीमत पर अपनी मानसिक छवि की रक्षा करते हैं

कहोड़ को अचानक एक आवाज़ सुनाई देती है, जो उनकी बात में संशोधन कर रही थी। यह उनका अजन्मा बच्चा था, जो अपनी माँ के गर्भ से बोल रहा था! "शायद," बच्चा कहता है, "पिताजी, उसी मंत्र की व्याख्या अलग ढंग से की जा सकती है।"

अपने बेटे की सराहना करने के बजाय कहोड़ चिढ़कर कहते हैं, "आवश्यकता से अधिक चतुर मेरा यह बेटा अपने शरीर में आठ विकृतियों के साथ पैदा हो!" इसी कारण बच्चे का नाम पड़ा, अष्टावक्र।

अष्टावक्र अभी शिशु ही हैं कि उनके पिता राजा जनक की सभा में एक सार्वजनिक वाद-विवाद में भाग लेने पहुँचते हैं। वाद-विवाद की यह शर्त है कि पराजित होने वाले को विजयी का दास बनना होगा। अपनी बुद्धिमत्ता पर अभिमान करने वाले कहोड़ बंदी नामक ऋषि से हार जाते हैं। उनकी स्वतंत्रता छिन जाती है, उन्हें घर जाने की अनुमति नहीं मिलती और उन्हें नए स्वामी की सेवा करने को विवश किया जाता है।

बड़े होने पर अष्टावक्र को अपने पिता की स्थिति की जानकारी मिलती है और वे राजा जनक के दरबार में चलने वाली उसी सार्वजनिक बहस में भाग लेने का निर्णय करते हैं। मात्र आठ वर्ष की आयु में अष्टावक्र बंदी को पराजित करने में सफल हो जाते हैं। प्रतियोगिता के नियमों के अनुसार, बंदी को अब अष्टावक्र का दास बनना होगा। "इसके बदले मेरे पिता को मुक्त कर दीजिए," अष्टावक्र कहते हैं।

जब कहोड़ राजा जनक के दरबार में पहुँचते हैं, तो वे अपने मुक्तिदाता की पहचान अपने बेटे के रूप में करते हैं, क्योंकि वे उसके शरीर में आठ स्थानों पर विकृति के कारण उसे पहचान लेते हैं। वे उसे देखकर रो पड़ते हैं। अष्टावक्र की विकृति उसके पिता की अपनी असुरक्षा से उपजी है।

कहोड़ की औकात को अष्टावक्र की प्रतिभा से संकट महसूस होता है, इसी कारण कहोड़ किसी घबराए हुए पशु की तरह व्यवहार करते हुए अपने बेटे को ही श्राप दे डालते हैं। बाद में उनके सामाजिक शरीर को बंदी से हार का सामना करना पड़ा, जिन्होंने उन्हें दास बनाकर रख दिया था। यदि कहोड़ ने अपने बेटे की प्रतिभा को अपने मानसिक शरीर का पोषण करने दिया होता, अपनी शक्ति को बढ़ाने दिया होता, तो संभवतः वैसा नहीं हुआ होता। असुरक्षा में हम अक्सर खुद को उन चीज़ों से दूर रखते हैं, जो लम्बे समय में हमारे लिए फ़ायदेमंद हो सकती हैं और हमारी निरंतरता में योगदान दे सकती हैं। हम असहज करने वाली शक्ति पर सहज करने वाली दुर्गा का चुनाव करते हैं। हम अपने जीवन से अष्टावक्रों को दूर करते हैं और बंदियों की वेदना सहने के लिए स्वयं को तैयार करते हैं।

वंदना यह घोषणा सुनते ही मुस्कराई कि नए सीईओ मैट्रिक्स संगठन चाहते थे। यह सीईओ का सुनिश्चित करने का तरीक़ा था कि उनकी स्थिति को किसी से कोई ख़तरा नहीं हो। नई व्यवस्था में कारोबारी इकाई लम्बवत थी और कार्यात्मक इकाई क्षैतिज। हर काम के लिए टीम के प्रत्येक सदस्य को दो बॉसों को रिपोर्ट करना था। इसका आधिकारिक कारण था, आगे बढ़ाने व खींचने का सृजन करना – अधिकतम उत्पादन के लिए खिंचाव तैयार करना। इसमें निहित लक्ष्य हालाँकि यह सुनिश्चित करना था कि कारोबार प्रमुख व कार्यात्मक प्रमुखों के बीच तनाव बना रहे। वे आपस की लड़ाई में इतने व्यस्त रहें कि उन्हें नए सीईओ के लिए ख़तरा बनने का मौक़ा नहीं मिले। इसके अलावा एक प्रबंधन कम्पनी से मैट्रिक्स संरचना का प्रस्ताव लेकर सीईओ ने यह पक्का कर लिया कि निदेशक मंडल को इस बात का संदेह नहीं हो कि वे अपनी सामाजिक छवि को बनाए रखने के लिए किसी प्रकार की राजनीति कर रहे थे।

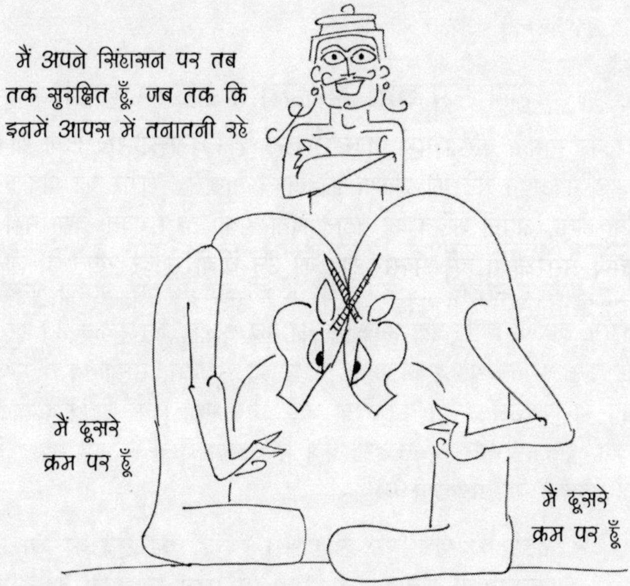
मैं अपने सिंहासन पर तब
तक सुरक्षित हूँ, जब तक कि
इनमें आपस में तनातनी रहे
मैं दूसरे
क्रम पर हूँ
मैं दूसरे
क्रम पर हूँ

हम इस बात से डरते हैं कि अजनबी हमारा मूल्यांकन कैसे करेंगे

हम अपने आसपास शिकारियों की कल्पना करते हैं और खुद को शिकार समझते हैं। हम डरते हैं कि झुंड में हम ओमेगा बनकर रह जाएँगे, जबकि हम सबके आकर्षण का केंद्र अल्फ़ा बन सकते हैं। हर देवता की कम से कम यह इच्छा होती है कि वह सुरक्षित, सम्मानित व महत्त्वपूर्ण रहे, ना कि उसे अलग कर दिया जाए और भुला दिया जाए। देवताओं को हल्दी, कुमकुम और अक्षत इसी क्रम में चढ़ाया जाता है, यह मानव व्यग्रता की पहचान का अनुष्ठान है।

- हल्दी का पीला रंग जोश भरा रंग है, वह सूर्य का रंग है, जो आकाश में फैलता हुआ धरती पर पहुँच रहा होता है। देवता पर इसे छिड़कने के पीछे प्रयोजन देवता की कृपा व शक्ति का आवाहन करना है। हल्दी ऐंटीसेप्टिक यानी रोगाणुरोधक है, यह वैसे ही रोगाणुओं को नष्ट करती है जैसे देवता राक्षसों का अंत करते हैं। यह नकारात्मक ऊर्जा और संकट की भावना को दूर करती है।
- लाल संभावित ऊर्जा का रंग है; कुँवारी देवियों को लाल साड़ी में लपेटा जाता है। लाल रंग वर्षा से पहले उर्वर भूमि की लाली है, जिसमें फ़सल की संभावना छिपी है। यह सकारात्मक ऊर्जा देता है और हमारी शक्तियों को स्पष्ट करता है।
- चावल भोजन है, यह जीवन को बनाए रखता है, यह धरती की गोद से निकाला अंतिम उत्पाद है, जिसे सूरज गर्मी देता है। यह आने वाले सम्बन्ध से तैयार अवसर की ओर सबका ध्यान आकर्षित करता है।

अक्सर बातचीत में समय की कमी होने के कारण लोग सीधे काम की बात करने लगते हैं, नियत कार्य और लक्ष्यों पर अपना ध्यान केंद्रित करते

हैं। जल्दी से परिचय करवाने के बाद कार्यसूची पर स्पष्टीकरण होता है और तत्काल बैठक शुरू हो जाती है। ऐसे में बैठकें दिल-दिमाग़ का संगम बनने के बजाय केवल प्रक्रिया बनकर रह जाती हैं। ऐसी बैठक में दुर्गा का आदान-प्रदान नहीं होता और इसलिए उसमें ऊर्जा, लगाव व आनंद की कमी होती है।

जब भी हरबर्ट किसी बैठक में जाते हैं, तो वे हमेशा मुस्कराते हैं और मानते हैं कि वे इतना घबराए हुए होते हैं कि कई बार शौचालय जाना चाहते हैं। इससे माहौल का तनाव कम होता है और लोगों को हँसने–मुस्कराने का मौक़ा मिल जाता है। यह उनकी हल्दी है। वे फिर उस व्यक्ति की तारीफ़ करते हैं, जिसके साथ बैठक करनी होती है। कभी उसकी कम्पनी की तो कभी उसकी कमीज़ पर कोई अच्छी टिप्पणी करते हैं। कई बार वे उन लोगों के देश या फिर उनके द्वारा इस्तेमाल मोबाइल फ़ोन के बारे में बात करके बातचीत की शुरुआत करते हैं। यदि कोई चाहे तो किसी व्यक्ति के बारे में हमेशा कहने के लिए कुछ न कुछ अच्छा होता है। यह कुमकुम है। अनौपचारिक बातचीत से तनाव कम करने के बाद ही हरबर्ट बैठक के प्रमुख मुद्दे यानी चावल पर आते हैं और सबका ध्यान उसकी ओर आकर्षित करते हैं। कई वर्षों के दौरान उन्होंने सीखा है कि जब लोग तनावमुक्त व सकारात्मक होते हैं, तभी बैठक से बेहतर नतीजे मिलते हैं। वे यह भी जानते हैं कि केवल यांत्रिक रूप से हल्दी व कुमकुम चढ़ाने व उसमें वास्तव में रुचि ना लेने से कुछ भी हासिल नहीं होता।

लोगों को भयभीत करके ही अच्छी तरह काम लिया जा सकता है।
लोग तभी अच्छी तरह काम करते हैं, जब वे तनावमुक्त व महत्त्वपूर्ण महसूस करें
तुम्हें लोगों को भयभीत करना पसंद है, है ना?

प्रशंसा हमें सशक्त करती है

आरती देवता के प्रति कृतज्ञता प्रदर्शित करने का अनुष्ठान है। देवता के चारों ओर दिए घुमाए जाते हैं, ताकि प्रकाश देवी या देवता की प्रतिमा पर पड़े। उसके साथ अक्सर भजन गाए जाते हैं, जिससे देवता की महान उपलब्धियों पर सबका ध्यान जाता है : राक्षसों का वध, भक्तों को बचाना, सभी प्राणियों की स्तुति। यह एक ऐसा कार्य है, जो देवता के कार्यों व उपलब्धियों को मान्यता प्रदान करता है।

यह अनुष्ठान प्रशंसा के महत्त्व की ओर हमारा ध्यान खींचता है। हर किसी को अपने व अपने काम के बारे में अच्छी बातें सुनना पसंद आता है। हमारी अपनी छवि उससे फलती-फूलती है। प्रशंसा स्वयं में हमारे विश्वास की पुनःपुष्टि करती है। उससे हमें मान्यता मिलने का अहसास होता है। उससे हम जीवित महसूस करते हैं।

आरती का अनुष्ठान प्रतिदिन संपन्न किया जाता है, क्योंकि हमें हर रोज़ अपने होने की पुष्टि करने की आवश्यकता होती है। यह नीरस या विचारहीन नहीं हो जाए, इसे सुनिश्चित करने के लिए पर्वों का आयोजन किया जाता है, जिनमें संगीत के स्वरों व अगरबत्ती की सुगंधि के साथ वही अनुष्ठान बड़े पैमाने पर किया जाता है। इसके अंत में भक्त अपने देवता से उनकी कृपा माँगते हैं।

मंदिरों में आरती किसी एक देवता तक सीमित नहीं रह जाती। सभी गौण या सहायक देवी-देवताओं, यहाँ तक कि मंदिर के द्वारपालों, देवताओं के साथियों और उनके वाहनों की भी आरती की जाती है। हर किसी को मान्यता दी जाती है व उनकी स्तुति की जाती है, किसी को भी अमान्य नहीं माना जाता। इससे दिव्य हस्तक्षेप की संभावना बढ़ जाती है।

आरती व भजन रणनीतिक हैं या फिर निष्कपट हैं? बॉस के द्वारा की कई प्रशंसा रणनीतिक होती है या निष्कपट? हम यह कभी नहीं जान पाएँगे। यहाँ महत्त्व इस बात का है कि इससे प्रशंसित पात्र के लिए अंतर पड़ता है। कभी-कभार स्वयं को प्रशंसा का पात्र महसूस करने में किसी को शिकायत नहीं होती।

मीडिया कम्पनी के टीम लीडर फ़ारुख़ प्रशंसा के महत्त्व को जानते हैं। वे अपनी टीम के हर सदस्य का परिचय 'एक विशेषज्ञ', 'दिग्गज' या 'प्रमुख सदस्य' के रूप में करवाते हैं। वे उनकी छोटी से छोटी उपलब्धि को याद रखते हैं। मीटिंग में आते ही संजय मुस्कराने लगते हैं, जब फ़ारुख़ कहते हैं, "ये आ गए, संजय, जो पिछले हफ़्ते क्लायंट प्रेज़ेंटेशन के लिए फ़ाइलें डाउनलोड करने के लिए देर तक रुके थे।" ट्रेनी के रूप में काम कर रही शैला तब रोमांचित हो जाती हैं, जब वे फ़ारुख़ को यह कहते सुनती हैं, "शैला जिस तरह क्लायंट मीटिंग्स का रिकॉर्ड रखती हैं, वह सराहनीय है।" अपने इन शब्दों के माध्यम से फ़ारुख़ अपनी टीम को सशक्त करते हैं, उन्हें महत्त्वपूर्ण महसूस करवाते हैं। इससे यही स्पष्ट होता है कि वे काम करने वाले अदृश्य लोग नहीं हैं। ये वे लोग हैं, जिनकी कोई अहमियत है। फ़ारुख़ से मिली तारीफ़ उन्हें प्रेरित करती है और वे काम के लिए अतिरिक्त प्रयास करते हैं। लेकिन जैसे भजन भक्ति के बिना काम नहीं करते, प्रशंसा भी नहीं करती, यदि वह सच्ची नहीं हो। फ़ारुख़ जो कुछ कहते

हैं, वह सच होता है। उसमें से कुछ भी मज़ाक़ नहीं होता। वे लोगों से मिलते हुए लगातार उस चीज़ की खोज करते हैं, जिसकी तारीफ़ की जा सकती है। कोई भी व्यक्ति सम्पूर्ण नहीं है, लेकिन हर किसी में कोई न कोई ख़ूबी ज़रूर होती है। बाक़ी लोगों के लिए भले वह बात उतनी उल्लेखनीय या महत्त्वपूर्ण नहीं हो, लेकिन गौर किए जाने पर वह बात महत्त्वपूर्ण हो जाती है। जैसे अली लंच के दौरान अपनी पत्नी को फ़ोन करते हैं, कम्पनी के लिहाज़ से इस बात की कोई अहमियत नहीं है, लेकिन फ़ारुख़ इसे महत्त्वपूर्ण बना देते हैं, जब वे सब के सामने यह टिप्पणी करते हैं, "मैं चाहता हूँ कि मेरी बेटी को भी अली जैसा ध्यान रखने वाला पति मिले।" इससे अली शरमा जाता है। उसे अच्छा लगता है। ख़ुश होकर वह अधिक काम करता है।

अपमान हमें कमज़ोर करता है

कई हिंदू मंदिरों में कम से कम साल में एक बार भक्त देवता की निंदा-स्तुति करते हैं और अपनी आशाओं पर खरा नहीं उतरने के कारण आनुष्ठानिक रूप से देवता को भला-बुरा कहते हैं। यह एक भाव विरेचक काम है, एक सुरक्षा वॉल्व है। यह याद दिलाता है कि देवता की कोई मानसिक छवि नहीं है; उसे अपने पोषण के लिए किसी दुर्गा की आवश्यकता नहीं है। यह भी याद दिलाता है कि भक्त की एक मानसिक छवि है, जो तब वंचित महसूस करती है, जब देवता उसकी किसी इच्छा को पूरा नहीं करता।

जंगल में कोई पशु ना तो नाराज़ होता है और ना ही किसी से ईर्ष्या करता है। शिकारी जब किसी शिकार को पकड़ने में नाकाम होता है या जब उसका प्रतिद्वंद्वी उसे उसके क्षेत्र से बाहर निकाल देता है, तो वह कोई शिकायत नहीं करता। शिकारी से आगे निकल जाने पर शिकार उसका मज़ाक़ नहीं उड़ाता। जानवर बस अपनी ज़िंदगी जीते हैं। इंसान अक्सर अपनी इच्छाओं को अपना यथोचित अधिकार मानते हैं और जीवन से उनकी यह अपेक्षा होती है कि उन्हें वह सब मिलेगा, जिसकी उन्हें लालसा है।

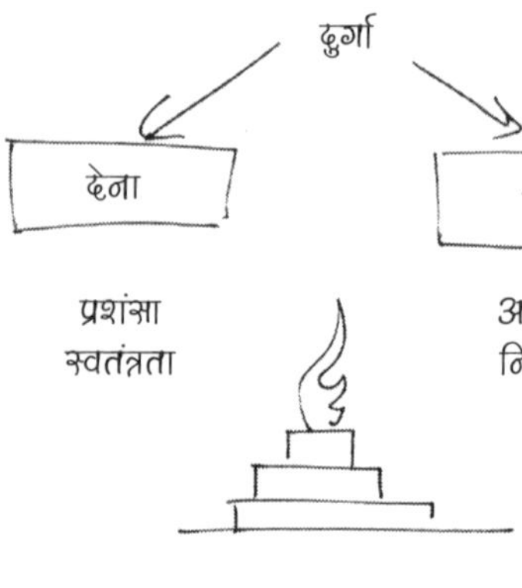

निंदा-स्तुति दफ़्तर में होने वाले हँसी-मज़ाक़ या 'चुगली' करने या बॉस के बारे में शिकायत करने जैसा है। यजमान उसके स्रोत को जानता है और उसे होने देता है, क्योंकि उससे तनाव से मुक्ति मिलती है और कर्मचारी को शक्ति के छलावे का अनुभव होता है। गपशप या चुगली खाना

इसी उद्देश्य की पूर्ति करता है। किसी को नीचा दिखाकर या उसका मज़ाक़ उड़ाकर, अन्य को अपने से कमतर मानकर हम अपनी मानसिक छवि को सशक्त करते हैं। चुटकुले एक ही जगह से आते हैं - एक ऐसा विवरण, जो चुटकुला सुनने वाले व्यक्ति को उस दूसरे व्यक्ति की तुलना में श्रेष्ठतर बनाता है, जिसका मज़ाक़ उड़ाया जा रहा है।

अपने कॉफ़ी ब्रेक के दौरान रेशमा कैफ़ेटेरिया में जाकर अपने दफ़्तर में काम करने वाली अन्य लड़कियों के साथ बैठती हैं। शुरुआती हँसी-मज़ाक़ के बाद बातचीत टीम सुपरवाइज़र पर आकर रुक जाती है : वे कैसे कपड़े पहनती हैं, कैसे बात करती हैं, वे कैसे बॉसों से कृपा प्राप्त करती हैं, वे कैसे पदोन्नति पाती हैं, कैसे सफ़र करती हैं आदि। कोई भी उनके बारे में अच्छी बात नहीं कहता। सभी उन्हें राक्षस समझते हैं। कई बार लड़कियाँ कॉल करने वाले लोगों के साथ हुए अनुभवों के बारे में बात करती हैं : उनके लहजे, उनकी माँगों व बेकार की बातों पर व्यर्थ हुआ समय। इन छोटी, लेकिन मसालेदार बातों को करने के बाद रेशमा तरोताज़ा महसूस करती हैं, दुर्गा से परिपूर्ण, वे इतना ताक़तवर महसूस करती हैं कि अपने रोज़मर्रा के काम की नीरसता से निपट सकती हैं। वे इन लड़कियों के साथ बातचीत की राह देखती हैं।

अपने बारे में अच्छा महसूस करने
के लिए अंदर आइए

तुलना से हमें महत्त्व मिलता है

महाभारत कश्यप की दो पत्नियों कद्रू और विनता की कथा सुनाता है। ब्रह्मा के कई पुत्रों में से एक थे, कश्यप। कद्रू कई पुत्रों की माता बनने की इच्छा रखती है और विनता शक्तिशाली पुत्र चाहती है। कश्यप उनकी इच्छा पूरी करते हैं। कद्रू एक हज़ार अंडे देती है, जबकि विनता केवल दो अंडे देती हैं। कद्रू बहुत से पुत्र क्यों चाहती है? विनता शक्तिशाली संतान क्यों चाहती है?

उत्तर मानसिक छवि में छिपा है। कश्यप की पत्नी होना पर्याप्त नहीं है। यहाँ इस बात का महत्त्व अधिक है कि किस पत्नी को अधिक पसंद किया जाता है। कद्रू को लगता है कि कई पुत्रों के कारण वे आकर्षण का केंद्र रहेंगी। विनता को लगता है कि शक्तिशाली पुत्र उनकी ओर सबका ध्यान खींचेंगे। हर पत्नी चाहती है कि दूसरी उससे ईर्ष्या करे और वह प्रभुत्व की स्थिति में हो। हम काल्पनिक झुंड के मानसिक अल्फ़ा या प्रमुख बनने की लालसा रखते हैं। जब कोई हमसे ईर्ष्या करता है, तो हम श्रेष्ठ व शक्तिशाली महसूस करते हैं।

कद्रू साँपों की माता बनती है और विनता गरुड़ों की माँ बनती है। गरुड़ के अंडे साँप का भोजन हैं और साँप को गरुड़ खाते हैं। इस शाश्वत शत्रुता की जड़ें माताओं के मापने की इच्छा में निहित हैं, इसलिए मूल्यांकन का प्रभुत्व होता है।

वेणु ख़ुश थे कि वे ऐसे बिज़नेस स्कूल में गए थे, जिसे पाँचवाँ स्थान प्राप्त था, जबकि राघव जिस बिज़नेस स्कूल में पढ़े थे, वह सातवें क्रम पर था। राघव से पहले नौकरी मिलने की बात से भी वेणु को ख़ुशी हुई और इस बात से भी उनका पहला वेतन राघव से अधिक था। वेणु को पदोन्नति भी राघव से पहले मिली, लेकिन राघव ने फिर अपना कारोबार शुरू किया और

वे बहुत कामयाब हुए। अचानक वे अपने मालिक बन गए, वे भले ही बहुत ज़्यादा पैसा ना कमाते हों, लेकिन वे किसी के प्रति जवाबदेह नहीं हैं। वेणु को अब अपनी ज़िंदगी अच्छी नहीं लगती। वे पैमाने पर नीचे गिर गए हैं। वे राघव से तुलना किए बिना स्वयं को देख ही नहीं पाते। वे पैमाइश की दुनिया में रहते हैं : एक मैट्रिक्स जो माया कहलाती है।

तुलना एक ऐसा शक्तिशाली यंत्र है, जिससे हम अपनी पहचान करते हैं और अनुक्रम में अपनी स्थिति निर्धारित करते हैं। तुलना का अर्थ है मापना। संस्कृत शब्द माया का मूल 'मा' शब्द में है, जिसका अर्थ है, 'मापना'। पैमाइश के माध्यम से देखी जानी वाली दुनिया माया है।

माया व सत्य एक-दूसरे के विपरीत हैं। दोनों ही सच हैं, लेकिन माया एक ऐसा सच है जो तुलना पर आधारित है, जबकि सत्य किसी तुलना पर आधारित नहीं है।

	माया (भ्रांति, मूल्य)	सत्य (सच, पहचान)
मापना	✓	✗
तुलना	✓	✗
संदर्भ	✓	✗
भाजक	✓	✗

प्रकृति में हर क्षण सबकुछ सम्पूर्ण है। हर किसी का अपना स्थान व उद्देश्य है। कुछ भी बेहतर या बदतर नहीं है। बड़ा जानवर बेहतर नहीं है;

बस उसके ज़िंदा रहने के मौके ज़्यादा हैं। लेकिन संस्कृति में मापन के पैमानों का झुकाव प्रजातियों के अस्तित्व की ओर नहीं है, बल्कि हमारी मानसिक छवि की पुष्टि की ओर है। मापने के पैमानों को किसी को शामिल करने या बाहर रखने और एक अनुक्रम बनाने के लिए के लिए डिज़ाइन किया गया है। ये पैमाने यदि हमारे अनुकूल हों, तो हमें दुर्गा प्रदान कर सकते हैं और यदि हमारे प्रतिकूल हों, तो हमें शक्ति से वंचित कर सकते हैं। प्रकृति में कुछ भी अच्छा या बुरा, सही या ग़लत, ऊँचा या नीचा नहीं होता। हर चीज़ का महत्त्व होता है। सबकुछ सत्य है।

दूसरी ओर, मार्केटिंग व बिज़नेस माया है। इंटरव्यू में हम उम्मीदवारों कों पैमाइश के आधार पर वर्गीकृत करते हैं। बाज़ारों में हम मापने के पैमानों का उपयोग कर उत्पादों को श्रेणियों में बाँटते हैं। हम इन पैमानों के आधार पर मुआवज़े, बोनस व अतिरिक्त लाभ देते हैं। संस्कृति की दुनिया भी माया ही है। सामाजिक शरीर माया से पोषित होता है। माया हमें शक्तिशाली व शक्तिहीन महसूस कराने की क्षमता रखती है। संस्कृति में कुछ चीज़ों का महत्त्व अन्य से अधिक होता है।

हम अपने अनुकूल अनुक्रम चाहते हैं

ऋषभ के सबसे बड़े पुत्र भरत को जब चक्रवर्ती बनाया जाता है, तो वे अपेक्षा करते हैं कि उनके सब भाई उनके आगे सिर झुकाएँ। उनमें से अधिकतर सिर झुकाने के बजाय दुनिया को त्यागना पसंद करते हैं और जैन मुनि बन जाते हैं। उनमें से एक भाई ना तो झुकता और ना ही संन्यास लेता है। उनका नाम है, बाहुबलि और वे ऋषभ के दूसरे पुत्र हैं। भरत बाहुबलि के विरुद्ध युद्ध की घोषणा करते हैं। अनावश्यक रक्तपात से बचने के लिए बड़े-बुज़ुर्ग सलाह देते हैं कि वे अपनी शक्ति दिखाने के लिए द्वंद्वयुद्ध करें। बाहुबलि भरत से अधिक शक्तिशाली सिद्ध होते हैं, लेकिन एक ऐसा समय आता है, जब बाहुबलि को भरत के सिर पर चोट करने के लिए अपना हाथ उठाने की ज़रूरत पड़ती है। अपने बड़े भाई पर हमला करने की बात से बाहुबलि में विरक्ति उत्पन्न हो जाती है और वे अपने उठे हुए हाथ से अपने सिर के बाल उखाड़ते हैं और इस प्रकार अपने छोटे भाइयों की तरह जैन मुनि बनने की घोषणा करते हैं।

बाहुबलि अपने छोटे भाइयों के बाद संसार का त्याग करते हैं, इसलिए वे कनिष्ठ जैन मुनि हैं और उन्हें अपने से वरिष्ठ मुनियों के सामने सिर झुकाना होता है, जिनमें उनके छोटे भाई भी शामिल हैं।

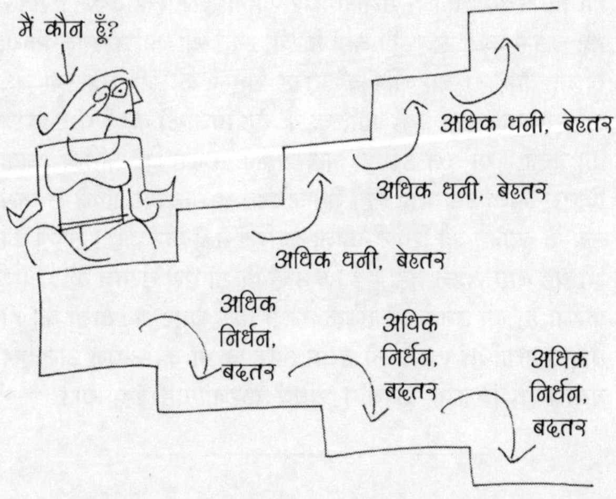

बाहुबलि के लिए यह अस्वीकार्य है। सामान्यतया इससे ठीक विपरीत होता है और छोटे भाइयों को बड़े भाइयों के सामने झुकना चाहिए। लेकिन मुनियों की व्यवस्था में वरिष्ठता के नियम अलग हैं।

हर संगठन में एक संरचना होती है; हर संरचना में एक अनुक्रम होता है। कुछ संगठनों में यह कार्यकाल की अवधि या योग्यता या फिर मालिकों से निकटता से निर्धारित होता है, जबकि कुछ अन्य मामलों में समुदाय, लिंग या संस्था के आधार पर इसका निर्धारण होता है। जब संगठन के अनुक्रम से मन-मस्तिष्क के अनुक्रम का मिलान नहीं होता, तब संकट पैदा होता है।

बाहुबलि संघर्ष करते हैं। वे अपने भाई के सामने झुकने से बचने के लिए मुनि बन जाते हैं, लेकिन फिर उन्हें अपने छोटे भाइयों के सम्मुख सिर झुकाना पड़ता है। मुनि बनने का मतलब केवल सामाजिक शरीर का त्याग ही नहीं है, बल्कि मानसिक शरीर का त्याग भी है। भौतिक चीज़ों व समाज में अपने दर्जे को छोड़ना ज़्यादा आसान है, जबकि प्रभुत्व के विचार को छोड़ना ज़्यादा मुश्किल है।

जब राहुल एक शिपिंग कम्पनी में सहायक मैनेजर बनकर आए, तो उन्हें बताया गया कि उन्हें रिपोर्ट करने वाले जयदेव व सायरस उनसे काफ़ी वरिष्ठ थे और उन्हें यह बात अस्वीकार्य थी कि उनकी कार्य-समीक्षा पर राहुल हस्ताक्षर करेंगे। राहुल को इसमें कोई समस्या नहीं दिखी, व्यवस्था का सम्मान किया जाना चाहिए। बाहुबलि की तरह राहुल को भी समस्या तब समझ आई, जब उन्हें मालिक के बेटे पिनाकी को रिपोर्ट करने को कहा गया, जो उम्र में भले राहुल से बड़े थे, लेकिन उनके जितने लायक़ व चतुर नहीं थे। जयदेव व सायरस अपने से कम उम्र के व्यक्ति को रिपोर्ट करना बर्दाश्त नहीं कर पाए। राहुल को भी यह बात सहन नहीं हुई कि उन्हें किसी ऐसे इंसान को रिपोर्ट करना है, जो उनके मुताबिक़ उनसे कम चतुर थे। दोनों को ही प्रभुता स्थापित करने की इच्छा और किसी को अपने अनुकूल बनाने के नियमों के बीच संघर्ष करना पड़ रहा था।

हम समरूप होने के बजाय विलक्षण होना पसंद करते हैं

अंधेर नगरी नामक एक राज्य था, जहाँ हर चीज़ की क़ीमत एक रुपया थी। एक समान मात्रा सब्ज़ी और मिठाई का मूल्य एक रुपया था। एक युवक ने सोचा कि यह जगह तो स्वर्ग है। "नहीं, ऐसा नहीं है," उसके गुरु ने कहा, "जिस देश में सब्ज़ियों व मिठाई के बीच कोई भेद नहीं, वह जगह ख़तरनाक है। यहाँ से भाग जाओ।" लेकिन युवक ने वहीं रहकर वहाँ के बाज़ार का आनंद उठाने का हठ किया।

एक बार ऐसा हुआ कि उस राज्य में किसी अपराध के लिए अपराधी को फाँसी चढ़ाया जाना था। बदक़िस्मती से रस्सी छोटी थी और उसका फंदा छोटे क़द के पतले अपराधी के लिए बहुत चौड़ा था। अतैव अंधेर नगरी के चौपट राजा यानी पागल राजा ने कहा, "एक लंबे मोटे आदमी को लेकर आओ, जिसे इसकी जगह लटकाया जा सके।" सिपाहियों ने बाज़ार में घूमते युवक को पकड़ लिया। उसने यह कहते हुए विरोध किया कि वह हत्यारा नहीं है। "लेकिन तुम इतने लंबे व मोटे हो कि तुम्हें लटकाया सकता है," राजा ने कहा। तब उस युवक की समझ में आया कि उसके गुरु क्या कहना चाहते थे : जो लोग सब्ज़ियों व मिठाइयों में फ़र्क़ नहीं कर सकते, जहाँ हर चीज़ का मूल्य बराबर था, उसकी लागत बराबर थी, उन लोगों की दृष्टि में किसी अपराधी व निर्दोष के बीच कोई अंतर नहीं था।

यह लोककथा एक ऐसी जगह के बारे में बताती है, जहाँ हर किसी को एक जैसा समझा जाता है। उनके बीच मौजूद अंतर को कोई महत्त्व नहीं दिया जाता। केवल इंसान ही ऐसी दुनिया की कल्पना कर सकते हैं। प्रकृति में शारीरिक अंतर से फ़र्क़ पड़ता है। उसके परिणामस्वरूप खाद्य श्रंखला और अनुक्रम बनते हैं। यदि इंसान चाहें, तो वे भी एक ऐसी दुनिया बना सकते हैं, जिसमें कोई अंतर नहीं हो। ऐसी आदर्श स्थिति भयावह है, क्योंकि इसका मतलब है कि इस दुनिया में कुछ भी ख़ास नहीं है, किसी का महत्त्व नहीं है, कोई उल्लेखनीय नहीं है।

एफ़टीई = फुल टाइम इक्विवैलेंट = बदलने योग्य जनसमूह

प्रधान कार्यालय ने एक डिज़ाइन तैयार किया और आग्रह किया कि दुनियाभर में कम्पनी के दफ़्तरों का ऐसा ही डिज़ाइन होगा। वे खुले कार्यालय थे, जिनमें लोगों के लिए केबिन नहीं थे, लेकिन बैठकों व टेलिकॉन्फ़्रेंस के लिए कमरे थे। ऐसा करके पारदर्शिता व बराबरी के संगठनात्मक मूल्य को व्यक्त किया गया था। नए डिज़ाइन ने कार्यस्थल की ऊर्जा बढ़ाने के बजाय कई लोगों को हतोत्साहित कर दिया। अचानक श्रीधर ने स्वयं को केबिन के बिना पाया। अपनी पूरी ज़िंदगी उन्होंने एक केबिन पाने की योग्यता प्राप्त की थी और अब नीति बदल गई थी। उन्होंने क्रोधित व अपमानित महसूस किया। उन्हें लगा कि उन्हें उनकी दुर्गा से वंचित कर दिया गया था। उनका कोई महत्त्व नहीं था। वे हर किसी की तरह मामूली व्यक्ति थे। प्रतिद्वंद्वी कम्पनी में केबिन के आश्वासन के साथ नौकरी मिलते ही उन्होंने काम छोड़ दिया। जाते समय हुई बातचीत के दौरान ह्यूमन रिसोर्स मैनेजर को लगा कि श्रीधर द्वारा केबिन को इतना महत्त्व दिया जाना अपरिपक्वता भरा था। यहाँ यह स्पष्ट था कि मैनेजर के लिए जो महत्त्वपूर्ण था, वह उस चीज़ से काफ़ी अलग था, जिसे श्रीधर महत्त्व देते थे। श्रीधर अंधेर नगरी का हिस्सा नहीं बनना चाहते थे।

संस्कृति हमारे सामाजिक शरीर के लिए केवल अस्थायी ढाँचा उपलब्ध करा सकती है

रामायण में अयोध्या के राजा दशरथ जब मृत्युशैया पर होते हैं, तो वे घबरा जाते हैं और अपनी पत्नी को बुलाकर कहते हैं, "मैं मर रहा हूँ। मेरा सबसे बड़ा पुत्र राम वनवास में है। मेरा दूसरा बेटा भरत अभी तक अपने मामा के घर से नहीं लौटा है। ऐसे में मैं मर नहीं सकता। मेरे नहीं रहने पर अयोध्या का क्या होगा।" यह सुनकर उनकी पत्नी कहती है, "कुछ नहीं होगा। सूर्य का उदय होगा और वह अस्त होगा। चाँद बढ़ेगा और घटेगा। लोग अपने काम में लगे रहेंगे। अयोध्या का अस्तित्व भी रहेगा, शायद किसी को राजा की अनुपस्थिति का ध्यान भी नहीं रहेगा।"

राजा दशरथ को लगता है कि अयोध्या के कारण उनका महत्त्व है। यदि अयोध्या नहीं हो, तो वे राजा नहीं होंगे और उनकी मृत्यु का कोई विशेष महत्त्व नहीं रह जाएगा। संगठन हमें महत्त्व प्रदान करते हैं। वे हमें संगठन के भीतर और बाहर स्थिति प्रदान करते हैं। हम यह नहीं समझ पाते कि जहाँ हमें संगठन की आवश्यकता होती है, वहीं संगठन को हमारी ज़रूरत नहीं होती। ब्रह्मा को प्रकृति की उदासीनता से बचने के लिए संस्कृति की आवश्यकता होती है, लेकिन संस्कृति को ब्रह्मा की ज़रूरत नहीं होती।

हर रोज़ संगठन नए लोगों को नौकरी पर रखते हैं और पुराने लोग काम छोड़ते हैं - गुस्से से या खुशी से या फिर उनके पास कोई विकल्प नहीं होता। यह नए कर्मचारी का 'जन्म' है और पुराने कर्मचारी की 'मृत्यु'। दोनों घटनाएँ असुरक्षा से भरी हैं। नए कर्मचारी के आगमन से पुराने तरीक़े को ख़तरा महसूस होता है, इसलिए नए को कम्पनी के पुराने तरीक़े में ढालने की ज़रूरत होती है। ऐसा बहुत कम होता है कि कोई व्यक्ति इतना आवश्यक हो जाए कि वह संस्थान की नियति निर्धारित करे। हमेशा ऐसा कोई न कोई होता है, जो उसका स्थान ले सकता है। इस सामान्य सत्य को नकारने से घबराहट पैदा होती है, जबकि स्वीकार करने से शांति मिलती है।

पाठकजी ने कम्पनी में 38 साल से अधिक समय तक अकाउंटेंट के रूप में काम किया। वे अकाउंट्स सँभालने में इतने माहिर थे कि कम्पनी के मालिक को लगता था कि उनकी जगह कोई नहीं ले सकता। पाठकजी का भी यही मानना था, लेकिन एक दिन मालिक की मौत हो गई और उनके भतीजे ने उनकी जगह ले ली। उनका भतीजा पाठकजी का उतना सम्मान नहीं करता था। उन्हें अच्छा वेतन और अच्छा केबिन तो दिया गया, लेकिन वास्तविक काम नहीं दिया गया। पाठकजी गुस्से में थे और आवेश में आकर जल्दी ही उन्होंने अपने पद से इस्तीफ़ा दे दिया; बिना किसी प्रतिरोध के दिखावे के उसे स्वीकार भी कर लिया गया। "देखता हूँ, कितने दिन हिसाब-किताब सँभाल पाते हैं," यह कहते हुए वे उस इमारत से बाहर निकल गए। तब से पाँच साल बीत गए। पाठकजी अब भी इंतज़ार में हैं कि कब नया मैनेजमेंट उन्हें बुलाता है। वे उनके बिना काम सँभाल रहे हैं। पाठकजी को यह अहसास पसंद नहीं आ रहा। मैनेजमेंट को शुरुआत में थोड़ी मुश्किल हुई, लेकिन उनकी अनुपस्थिति से एक ख़ालीपन आ गया था, जिसके कारण नई प्रतिभा उभरी। यह अच्छा हुआ था। लेकिन जिन पाठकजी का स्थान कोई नहीं ले सकता था, उनकी जगह अब भर गई थी, जो लोग पीछे रह गए थे वे भी अब महसूस कर रहे थे कि कोई भी उनकी जगह ले सकता है। ऐसा कोई भी महसूस नहीं करना चाहता। अचानक उन सबको फुल टाइम इक्विवैलेंट या एफ़टीई जैसा महसूस होने लगा, एक्सेल शीट्स पर दिए गए आँकड़ों की तरह, जिन्हें किसी भी पल मिटाया जा सकता है। संगठन में असुरक्षा आ जाती है। असुरक्षा की स्थिति में हर कोई दृढ़ता से अपनी भूमिका व ज़िम्मेदारी से चिपके रहना चाहता है। नई प्रतिभा को नहीं आने दिया जाता और अगर वह आती भी है, तो उसे फलने-फूलने नहीं दिया जाता। हर कोई स्वयं को अपरिहार्य बनाना चाहता है। वे सभी यही कोशिश करते-करते मर जाएँगे।

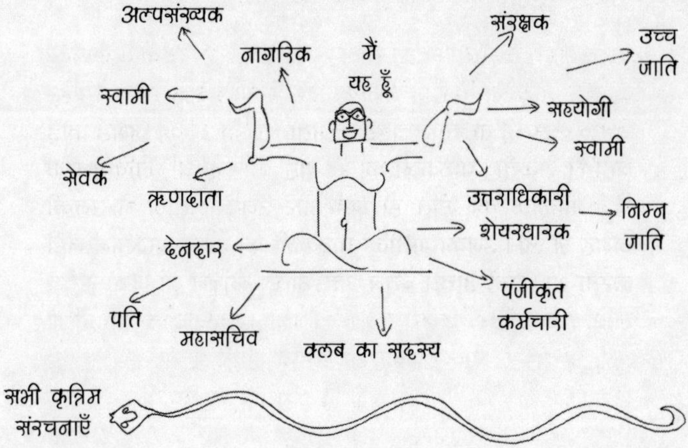
अल्पसंख्यक
नागरिक
मैं
यह हूँ
संरक्षक
उच्च
जाति
स्वामी
सहयोगी
स्वामी
सेवक
ऋणदाता
उत्तराधिकारी
निम्न
जाति
शेयरधारक
देनदार
पंजीकृत
कर्मचारी
पति
महासचिव
क्लब का सदस्य
सभी कृत्रिम
संरचनाएँ

संपत्ति

संपत्ति इंसान का, इंसान के द्वारा और इंसान के लिए विचार है। संपत्ति से किसी इंसान को महत्त्व मिलता है, क्योंकि इससे अधिकांश लोग यह मान लेते हैं कि हमारे पास जो कुछ है, हम वही हैं, क्योंकि जो हमारे पास जो कुछ है, वह मूर्त है, ना कि हम जो हैं। हम मर सकते हैं, लेकिन हमारे पास जो कुछ है, वह हमारे बाद भी रह सकता है। अतः संपत्ति हमें अमरत्व की भ्रांति देती है।

हम वस्तुओं को देखते हैं, विचारों को नहीं

युद्ध करने का निर्णय लेने के बाद कौरव व पांडव सहायता के लिए कृष्ण के पास पहुँचे। "मैं आप दोनों से बराबर प्रेम करता हूँ, अतः मैं स्वयं को दो भागों में बाँट दूँगा। आप उस भाग को लें, जिसे आप चाहते हैं।"

कृष्ण ने एक पक्ष से अपनी सशस्त्र सेना नारायणी सेना लेने को कहा। दूसरे पक्ष के सामने उन्होंने स्वयं यानी निःशस्त्र नारायण को लेने का प्रस्ताव रखा। कौरवों ने नारायणी सेना का चुनाव किया। पांडवों ने नारायण को लेने का निर्णय किया। कौरवों ने कृष्ण के सगुण संसाधनों को लिया : दृश्य, मूर्त व मापने योग्य, जबकि पांडवों ने कृष्ण की संभावना या निर्गुण का चुनाव किया : अदृश्य, अमूर्त व जिसे मापा नहीं जा सके।

हम जो हैं, वह नारायण है। जो हमारे पास है, वह नारायणी है। नारायण को नारायणी के माध्यम से व्यक्त किया जाता है। अधिकतर लोग नारायण का निर्धारण करने के लिए नारायणी को नापते हैं।

इसी प्रकार किसी व्यक्ति का मोल उसके पास मौजूद जायदाद से तय होता है : उसकी यूनिवर्सिटी डिग्रियों, आय, बैंक बैलेंस, कपड़े, कार आदि।

संपत्ति संसाधन है। वह मूर्त है व उसे मापा जा सकता है। संभाव्यता अमूर्त है और उसे मापा नहीं जा सकता। प्रबंधन की दुनिया में जहाँ मापन का महत्त्व है, नारायण की अनदेखी की जाती है और नारायणी को प्राथमिकता दी जाती है। इंटरव्यू के दौरान हम किसी व्यक्ति की योग्यता को देखते हैं। हम ग्राहक के बटुए को उससे अधिक महत्त्व देते हैं। कर्मचारी को केवल उसके कौशल के लिए अहमियत दी जाती है। उसकी दृष्टि, उसके भय, उसकी भावनाओं का कोई महत्त्व नहीं होता। इन्हें नापा नहीं जा सकता। इनके मोल का निर्धारण नहीं किया जा सकता। कोई नहीं जानता कि हम जो हैं, उसका लाभ कैसे लिया जाए। लेकिन हमारे पास जो कुछ है, उसका फ़ायदा लेने के कई तरीक़े हैं। अन्य शब्दों में, हम संगठन में कौरवों का स्वागत करते हैं, ना कि पांडवों का। यह किसी के लिए भी अच्छा नहीं है।

हर अग्रणी सोचता है कि जो व्यक्ति उससे बात कर रहा है, वह उससे ही बात कर रहा है या फिर उसके दर्जे के कारण उसके पास जो शक्ति है, उससे बात कर रहा है। राजा सोचता है कि उसका महत्त्व है या फिर उसकी तलवार का : यह राजपद का श्राप है।

अपनी टीम का उत्साह बढ़ाने के लिए बिपिन अपने गुरु से भाषण देने की प्रार्थना करते हैं। गुरु सफलता व असफलता की स्थिति में शांत रहने के बारे में बातचीत करते हुए भगवद्गीता से श्लोक उद्धृत करते हैं। उस प्रवचन को सुनना अच्छा लगता है, लेकिन बिपिन के एक सेल्स मैनेजर टिप्पणी करते हैं : "मैं चाहे शांत रहूँ, लेकिन मेरी नाकामी बिपिन को परेशान कर देगी। उन्हें हमारी परवाह नहीं है। उन्हें केवल हमारे प्रदर्शन से मतलब है। आख़िरकार हमारा संगठन प्रदर्शन से संचालित होता है।" सेल्स मैनेजर जानते थे कि यदि उनकी बिक्री के आँकड़े कम हुए, तो उन्हें बोनस नहीं मिलेगा। कम्पनी को केवल नारायणी से मतलब था, ना कि नारायण से।

वस्तुओं से हमारी स्थिति के निर्धारण में सहायता मिलती है

जब हनुमान लंका पहुँचे, तो उन्होंने अपना परिचय राम के दूत के रूप में दिया और शिष्टाचार स्वरूप अपने लिए आसन की माँग की, लेकिन राक्षसराज रावण ने ऐसा नहीं करके उन्हें अपमानित किया। विरोधस्वरूप हनुमान ने घोषणा की कि वे अपने लिए स्वयं बैठने का प्रबंध करेंगे : उन्होंने अपनी पूँछ को लम्बा किया और उससे अपने लिए एक ऐसा आसन बनाया, जो राजा रावण के सिंहासन से भी ऊँचा था। उस पर मुस्कराने या प्रभावित होने के बजाय रावण क्रोधित हो गए। उनकी शक्ति संकट में थी। उन्होंने हनुमान की पूँछ को आग लगाने की आज्ञा दी।

यह कथा उजागर करती है कि कैसे एक चीज़ (आसन) का उपयोग एक विचार (सामाजिक अनुक्रम) को प्रेषित करने के लिए किया गया। हनुमान को शक्ति या फिर सिंहासनों की कोई परवाह नहीं, लेकिन वे महसूस करते हैं कि रावण के लिए वस्तुओं का बहुत महत्त्व है। अपनी पूँछ का नाटकीय इस्तेमाल करके वे रावण के मस्तिष्क के दुर्ग को भेदते हैं और एक क्षण में रावण की मानसिक छवि को चूर-चूर कर देते हैं।

यहाँ दिलचस्प बात यह है कि हनुमान को अपने दर्जे को स्थापित करने के लिए किसी बाहरी चीज़ की ज़रूरत नहीं है; वे अपने पास पहले से मौजूद पूँछ का विस्तार करते हैं। दूसरे शब्दों में, वे अपने भीतर मौजूद ताक़त का इस्तेमाल करते हैं और उन्हें किसी वस्तु या अभिनंदन की सहायता की आवश्यकता नहीं होती। उनके पास पर्याप्त शक्ति है, जो उस दुर्गा का स्थान लेती है, जो उन्हें रावण देने मना कर देता है।

हम अपनी स्थिति को व्यक्त करने के लिए लगातार भौतिक चीज़ों का इस्तेमाल करते हैं : हमारे केबिन, हमारा घर, हमारी गाड़ियाँ, हमारे मोबाइल फ़ोन आदि। जब इन चीज़ों को हमसे ले लिया जाता है या फिर वे टूट-फूट जाती हैं, तो हमें बुरा लगता है। जब हमारी चीज़ों को नुक़सान पहुँचता है, जब हमारी गाड़ियों पर खरोंच लगती हैं, हमारी घड़ी चोरी हो जाती है या हमारी जगह किसी अन्य को दे दी जाती है, तो हमारे सामाजिक शरीर को

हानि पहुँचती है और इससे हमारे मानसिक शरीर को कष्ट होता है; जबकि हमारा स्थूल शरीर बिल्कुल ठीक रहता है।

नया मोबाइल फ़ोन ख़रीदने के मामले में परवेज़ का एक साधारण सा नियम था। उन्होंने पता लगाया कि उनके क्लायंट्स और उनके बॉसेज़ किस मॉडल का इस्तेमाल कर रहे हैं। फिर उन्होंने उनसे कमतर मॉडल ख़रीदा। वे उनमें से किसी को भी अपने फ़ोन से भयाक्रांत नहीं करना चाहते थे या फिर उन्हें असुरक्षित महसूस नहीं करवाना चाहते थे। दरअसल वे चाहते थे कि वे लोग उनके चुनाव की आलोचना करें और ख़राब क्वालिटी का फ़ोन ख़रीदने पर उनका मज़ाक़ उड़ाएँ। "मैं चाहता हूँ कि वे मुझे नीचा दिखाएँ। मैं चाहता हूँ कि वे खुद को बेहतर समझें। इससे उनके साथ मेरे रिश्ते में मुझे मदद मिलेगी।" परवेज़ चीज़ों का इस्तेमाल करके उनसे दुर्गा का सृजन करने की शक्ति को समझ चुके हैं।

वस्तुएँ हमारे महत्त्व का पर्याय हैं

इंद्र अपने वास्तुशिल्पी विश्वकर्मा को बुलाकर उन्हें अपनी महिमा के अनुसार एक महल बनाने का आदेश देते हैं। विश्वकर्मा सोने का महल बनाते हैं, लेकिन इंद्र को वह अपने योग्य नहीं लगता। अतः विश्वकर्मा उनके लिए हीरे का महल बनाते हैं; इंद्र उससे भी संतुष्ट नहीं होते। फिर विश्वकर्मा अत्यंत मायावी हिमद्रव का उपयोग कर उनके लिए महल बनाते हैं, लेकिन उससे भी इंद्र प्रसन्न नहीं होते।

इंद्र पहले से बड़ा महल क्यों बनवाना चाहते हैं? क्या देवों का राजा होना होना पर्याप्त नहीं है? स्पष्ट है कि नहीं; वे चाहते हैं कि महल के रूप में उनके मानसिक दर्जे की कोई मूर्त अभिव्यक्ति हो। लेकिन कोई भी महल उनकी मानसिक अपेक्षा पर खरा नहीं उतरता, क्योंकि उनका मानसिक शरीर उन सभी चीज़ों से बढ़कर है, जो उनके पास मौजूद हैं। इसके कारण वे असंतुष्ट रहते हैं।

इंद्र जिस दुनिया में रहते हैं, वहाँ लोगों को उनके पास मौजूद चीज़ों से नापा जाता है। इंद्र क्योंकि बाक़ी लोगों से बड़ा और बेहतर होना चाहते हैं, इसलिए वे चाहते हैं कि उनका महल भी अन्य लोगों से बहुत बड़ा और बेहतर हो।

संपत्ति हमारे मानसिक शरीर की भौतिक अभिव्यक्ति है। यह हमारे सामाजिक शरीर में योगदान देती है। हमारे पास जो कुछ है, वह निर्धारित करता है कि हम कौन हैं। हम मानसिक शरीर को तो नहीं देख सकते, लेकिन हम सामाजिक शरीर को देख सकते हैं। हमारे पास मौजूद चीज़ें हम जो कुछ हैं, उसका विस्तार बन जाती हैं। हम स्वयं को अपने पास मौजूद चीज़ों से जोड़ते हैं। हमारे मरने पर ये चीज़ें ज़िंदा रहती हैं, इस प्रकार उनके पास हमें अमरत्व देने की शक्ति होती है। यही कारण है कि इंसानों को संपत्ति इतनी प्रिय होती है।

राजू को गाड़ी चलाना नापसंद था। वे ड्राइवर नहीं रख सकते थे, इसलिए उन्होंने कार भी नहीं ख़रीदी। वे हर रोज़ ऑटो से दफ़्तर जाते। इससे उनके बॉस नाराज़ होते, "अगर तुमने कार नहीं ख़रीदी, तो तुम्हारी टीम के सदस्य तुम्हारा सम्मान नहीं करेंगे।" राजू को यह बात समझ नहीं आई : यह तो निश्चित था कि वे उनके काम व प्रबंधकीय कौशल के कारण उनका सम्मान करते थे। फिर भी आख़िरकार राजू दबाव में आ गए और उन्होंने कार ख़रीद ली। अब उनके बेटे ने अपनी नाराज़गी जताई, "लेकिन पापा, मेरे सभी दोस्तों के पास बड़ी गाड़ियाँ हैं।" राजू समझ गए कि कार केवल परिवहन का एक माध्यम नहीं थी; वह सामाजिक अनुक्रम में अपना स्थान पाने से भी जुड़ी थी।

विचारों को वस्तुओं के रूप में संकेतबद्ध किया जा सकता है

एक बार नारद ने कृष्ण की पत्नियों से ऐसा कुछ माँगा, जिसे वे अपने पति के मूल्य के बराबर समझती थीं। वे आँगन में एक तराजू मँगवाते हैं और कृष्ण को उसके एक पलड़े में बैठने को कहते हैं। दूसरी ओर, उनकी पत्नियों से कहते हैं कि वे उन चीज़ों को रखें, जिन्हें वे कृष्ण के मूल्य के बराबर समझती हों। सत्यभामा अपना सारा सोना, बर्तन व आभूषण रखती हैं, लेकिन कृष्ण का पलड़ा फिर भी भारी रहता है। दूसरी ओर, रुक्मिणी कृष्ण के प्रति अपने प्रेम का प्रतीक बताकर तुलसी की एक टहनी रखती हैं। टहनी रखते ही उनका पलड़ा भारी हो जाता है।

सत्यभामा और रुक्मिणी कृष्ण के महत्त्व को अपने पर पड़ने वाले प्रभाव के अनुसार समझती हैं। इस रूपांतरण की मात्रा कैसे निर्धारित की जाए? उनके पास जो कृष्ण की मानसिक छवि है, उसे वे स्वरूप कैसे प्रदान करें? सत्यभामा अपने विचारों को वस्तुओं के माध्यम से व्यक्त करती हैं, जबकि रुक्मिणी उसके लिए एक प्रतीक का उपयोग करती हैं। जब लोग इस सांकेतिक भाषा को समझ लेते हैं, तो तुलसी सोने से अधिक मूल्यवान हो जाती है। सभी लोग सोने को महत्त्व देते हैं। केवल वही लोग तुलसी को समझेंगे, जो प्रतीकों की भाषा को समझते हैं।

यह एक बटुआ नहीं है। यह एक दर्जा है। इसका अर्थ है कि मेरा कोई दर्जा है। इसका अर्थ है कि मैं इसके योग्य हूँ।

यही सिद्धांत ब्रैंड्स पर लागू होता है। वे ऐसे विचार हैं, जो वस्तुओं को मूर्त रूप देते हैं। जब लोग किसी ब्रैंड को ख़रीदते हैं, तो वे एक सोच या एक दर्शन को ख़रीद रहे होते हैं, जिसके कारण वे ताक़तवर महसूस करते हैं। उससे उन लोगों की नज़र में उनका दर्जा बढ़ता है, जो उनके लिए मायने रखते हैं। स्वाभाविक है कि लोग इस प्रकार के संकेतों के लिए काफ़ी पैसा देने को तैयार होते हैं। किसी उत्पाद को बनाने की लागत उस क़ीमत से काफ़ी कम होती है, जिस पर ब्रैंड्स को बेचा जाता है। उन चीज़ों के मूल्य को ज़ाहिर करने के लिए विज्ञापनों व मार्केटिंग के माध्यम से बहुत प्रयास किए जाते हैं, ताकि सांस्कृतिक परिदृश्य में ब्रैंड के दर्शन को स्थापित किया जा सके। जब तक लोग ब्रैंड्स के संकेतों को नहीं समझेंगे, तब तक उनका कोई मोल नहीं होगा।

ज़फ़र की एक छोटी सी दुकान है, जिसमें नक़ली ब्रैंड्स को असली क़ीमत से एक-चौथाई क़ीमत पर बेचा जाता है। ज़फ़र नहीं समझ पाते कि लोग ब्रैंड्स को इतना महत्त्व क्यों देते हैं। उन्हें बनाने की असली लागत काफ़ी कम होती है। उनके चाचा बताते हैं, "ग्राहक असल में केवल समय बताने वाली चीज़ ही नहीं ख़रीद रहा होता है। वह औकात ख़रीदता है : दर्जा, गरिमा, सम्मान, प्रशंसा और ईर्ष्या। इस सबके लिए ग्राहक कुछ भी देने के लिए तैयार होता है।" इस तरह ज़फ़र रुक्मिणी की तुलसी के शाब्दिक व प्रतीकात्मक मूल्य के बीच अंतर को समझ गए।

हम मानते हैं कि हमारे पास जो है, हम वही हैं

कुरुष राज्य के राजा पौंड्रक मोरपंख का मुकुट पहनते हैं। उनके एक हाथ में कमल का फूल व दूसरे में शंख होता है। उनके गले में वन के फूलों का हार होता है। उनके कान में मकर कुंडल लटके होते हैं। वे पीताम्बर यानी पीले रंग की रेशमी धोती पहनते हैं। वे केशसज्जा करने वाले से अपने बालों को घुँघराला करवाते हैं। वे हर भोजन के साथ मलाईदार मक्खन खाने का आग्रह करते हैं। हरे घास के मैदान में चाँदनी रात को वे बाँसुरी बजाते हैं और उनके चारों ओर उनकी रानियाँ व उपरानियाँ नृत्य करती हैं। वे स्वयं से कहते हैं, "मैं कृष्ण जैसा दिखता हूँ। मैं कृष्ण जैसे कार्य करता हूँ। मैं अवश्य ही कृष्ण हूँ।" उनके प्रजाजनों में से कुछ भोले-भाले, कुछ असमंजस में पड़े और कुछ भयभीत होते हैं, वे फूलों, अगरबत्ती, मिठाइयों व दियों से अपने राजा की पूजा करते हैं। हर किसी को आश्चर्य होता है कि असली कृष्ण कौन हैं, क्योंकि दोनों ही एक समान दिखते हैं।

फिर कुछ दरबारी यह बताते हैं कि द्वारका के कृष्ण के पास पहिए के आकार का एक अस्त्र है, जो किसी के पास नहीं है और उसे सुदर्शन चक्र कहा जाता है। "अच्छा, वह चक्र," पौंड्रक कहते हैं, "उसने मुझसे उधार लिया है। उस पाखंडी से मैं उसे वापस लेकर रहूँगा।" फिर कृष्ण के पास एक दूत भेजा जाता है, जो उनसे कहता है कि वे राजा को सुदर्शन चक्र लौटा दें, अन्यथा कठोर परिणामों का सामना करने के लिए तैयार रहें। इस पर कृष्ण उत्तर देते हैं, "बिल्कुल, उन्हें यहाँ आकर इसे लेने के लिए कहो।"

इस बात से कुपित होकर कि कृष्ण स्वयं सुदर्शन चक्र लौटाने नहीं आए, पौंड्रक अपने रथ पर सवार होकर द्वारका के लिए निकल पड़ते हैं। उनके रथ पर लगे ध्वज पर गरुड़ का चित्र है, जो कि उनकी पहचान को अधिक सुदृढ़ करता है। द्वारका नगरी पहुँचने पर वे चिल्लाकर कहते हैं, "नक़ली कृष्ण, सुदर्शन चक्र असली कृष्ण को लौटा दो।" कृष्ण कहते हैं,

"यह रहा।" कृष्ण की तर्जनी पर घूमने वाला सुदर्शन चक्र पौंड्रक की ओर आता है। पौंड्रक उसे लेने के लिए अपना हाथ फैलाते हैं। जैसे ही चक्र उनकी अँगुली पर आता है, वे समझ जाते हैं कि जितना हल्का वह दिखता है, उससे बहुत भारी है। इतना भारी कि इससे पहले कि वे सहायता के लिए किसी को पुकारें, उस चक्र के नीचे वे कुचले जाते हैं। यह उस व्यक्ति का अंत है, जो कृष्ण बनने का दिखावा करता है।

कॉर्पोरेट दुनिया भी ऐसे पाखंडियों व नक़लचियों से भरी पड़ी है। वे सोचते हैं कि वे इस दुनिया की सभी बातों से अच्छी तरह परिचित हैं, लेकिन वे यह नहीं जानते कि आख़िर वह दुनिया है क्या। वे जानते हैं कि कैसे कपड़े पहनने हैं, अपने लैपटॉप व स्मार्ट फ़ोन को कैसे रखना है, कौन सी गाड़ी चलानी है, कहाँ होना चाहिए, किसके साथ दिखना चाहिए और 'मूल्य वृद्धि', 'एक समान सोच रखना', 'सिनर्जी या सहक्रिया' तथा 'दोनों पक्षों को लाभ' जैसे शब्दों का इस्तेमाल कैसे करना चाहिए। अन्य शब्दों में, वे उस बर्ताव को जानते हैं, जो उन्हें कॉर्पोरेट लीडर्स की तरह प्रस्तुत करता है, लेकिन असल में वे सही मायने में नेतृत्व के वास्तविक अर्थ के आसपास भी नहीं होते।

तेज़ी से बढ़ती कम्पनी में विजयचंद्र एक ऐसे युवा का चुनाव करते हैं, जिसमें प्रतिभा है और किसी अग्रणी के लिए आवश्यक प्रेरणा भी मौजूद है। उस युवक का नाम जयपाल है। उनकी शिक्षा व कार्य सम्बन्धी जानकारी से संकेत मिलता है कि वे सही विश्वविद्यालयों में गए, उनके पास प्रभावशाली लोगों के प्रमाणपत्र व अनुशंसाएँ हैं। इसके अलावा जयपाल का पहनावा और बोलचाल का ढंग बहुत अच्छा है। वे गॉल्फ़ भी खेलते हैं! वे नए ई-बिज़नेस विभाग के प्रमुख के लिए बिल्कुल सही हैं। दो साल बीतने के बाद कुछ निवेशकों को प्रभावित करने वाले शानदार पावर प्वॉइंट प्रेज़ेंटेशन व एक्सेल शीट्स के बावजूद ई-डिविज़न की आय काफ़ी कम रही है। बाज़ार से कोई प्रतिक्रिया नहीं आई है। जयपाल बिज़नेस की बात तो करना जानते हैं, लेकिन यह स्पष्ट है कि वे बिज़नेस करना नहीं

जानते। विजयचंद्र पिछले दो साल के जयपाल के कामकाज की जाँच-पड़ताल करने का फ़ैसला करते हैं। पता लगता है कि जयपाल सही होटलों में रुके, सही गाड़ियाँ चलाईं, लेकिन वे कभी वेंडर्स या कस्टम्र्स से निजी तौर पर मिलने नहीं गए। उन्होंने कभी खुद मार्केट रिसर्च में लगने की कोशिश नहीं की, इसके ठीक विपरीत, उन्होंने इस काम के लिए लोगों को रखा। वे 'रणनीति' पर तो ध्यान केंद्रित करते हैं, लेकिन 'युक्तियों' पर ध्यान नहीं देते। उन्हें बोर्डरूम में विचार-विमर्श करना पसंद है, लेकिन व्यावहारिक स्तर पर मेहनत करना अच्छा नहीं लगता। उनके संगठन की संरचना इस प्रकार की है कि वह उन्हें उन लोगों से अलग-थलग रखती है, जो लोगों के साथ सीधे काम करते हैं। वे बस यह मान लेते हैं कि उनकी टीम खुद जान लेगी कि बाज़ार में क्या करना है। उन्होंने खुद कभी फ़ोन उठाकर क्लायंट्स की परेशानियों पर बात नहीं की – वे विख्यात विश्लेषकों के निष्कर्षों के सार को प्राथमिकता देते हैं। वे अपने सेल्स के लोगों की शिकायतों व परेशानियों को नहीं सुनते, बल्कि रणनीतिक सलाहकारों द्वारा प्रस्तुत बाज़ार तथ्यों को जानना पसंद करते हैं। विजयचंद्र को महसूस होता है कि उनके पास एक पौंड्रक है, जिसमें नक़लीपन है और वास्तविक रूप से कार्य करने की कोई प्रेरणा नहीं है।

हम अपेक्षा करते हैं कि वस्तुएँ हमें रूपांतरित कर देंगी

एक दिन जब राजा भोज और उनके सिपाही एक खेत की ओर बढ़ रहे होते हैं कि उन्हें एक किसान की चिल्लाने की आवाज़ सुनाई देती है, "दूर रहो, दूर रहो, तुम और तुम्हारे घोड़े हमारी फ़सल को बर्बाद कर देंगे। हम ग़रीबों पर कुछ दया करो!" भोज तुरंत वहाँ से दूर हो जाते हैं। जैसे ही उनकी पीठ किसान की ओर होती है, किसान का सुर बिल्कुल बदल जाता है, "राजन, आप कहाँ जा रहे हैं? कृपया मेरे खेत में आएँ, मुझे अपने घोड़ों को पानी पिलाने का और सिपाहियों को भोजन कराने का अवसर दें। मुझे आशा है कि आप इस निर्धन किसान के आतिथ्य से मना नहीं करेंगे।" किसान को बुरा नहीं लगे, इसलिए राजा फिर उसकी खेत की ओर मुड़ जाते हैं, हालाँकि किसान के बदलते स्वर से उन्हें हँसी आती है। लेकिन जैसे ही भोज खेत की ओर बढ़ते हैं, किसान फिर चिल्लाने लगता है, "अरे, जाओ यहाँ से। तुम्हारे घोड़े और तुम्हारे सैनिक मेरी बची-खुची फ़सल को बर्बाद कर रहे हैं। अरे दुष्ट राजा, जाओ यहाँ से।" भोज वापस जाने लगते हैं, लेकिन किसान फिर कहता है, "अरे आप लौट क्यों रहे हैं? वापस आइए। आप तो मेरे अतिथि हैं। मुझे अपनी सेवा करने का अवसर दीजिए।"

राजा अब असमंजस में पड़ जाते हैं और सोचने लगते हैं कि क्या हो रहा है। ऐसा कई बार होता है, फिर भोज किसान को गौर से देखते हैं। वे पाते हैं कि जब किसान अभद्रता से बात करता है, तो वह भूमि पर खड़ा होता है, लेकिन जब वह आतिथ्य की बात करता है, तो वह खेत के बीचोंबीच मौजूद एक टीले पर खड़ा होता है। भोज जान जाते हैं कि किसान के दोहरे व्यक्तित्व का उस टीले से कुछ लेना-देना है। वे तत्काल अपने सैनिकों को खेत के बीचोंबीच मौजूद उस टीले की खुदाई करने का आदेश देते हैं। किसान विरोध करता है, लेकिन भोज उस रहस्य का पता लगाने को प्रतिबद्ध हैं।

उस टीले के नीचे सिपाहियों को एक सुंदर सुनहरा सिंहासन मिलता है। जैसे ही भोज उस पर बैठना चाहते हैं, सिंहासन से आवाज़ आती है, "यह महान विक्रमादित्य का सिंहासन है। इस पर तभी बैठना अगर तुम उनकी तरह उदार और बुद्धिमान हो। अगर तुम वैसे नहीं हो, तो सिंहासन पर बैठते ही तुम्हारी मृत्यु हो जाएगी।" फिर सिंहासन उन्हें विक्रमादित्य की बत्तीस कहानियाँ सुनाता है, जिनमें राजत्व के नैतिक गुणों की प्रशंसा की गई होती है, जिनमें सबसे प्रमुख उदारता का गुण है। इन कहानियों के माध्यम से भोज अच्छा राजा होने के गुणों के बारे में सीखते हैं।

यह कहानी अनोखी है। कहानी के पहले भाग में सिंहासन कंजूस किसान को उदार मेज़बान में बदल देता है। दूसरे हिस्से में सिंहासन राजा से यह माँग करता है कि उस पर बैठने से पहले वह उदार बने।

संगठनों में हम अपेक्षा करते हैं कि किसी निश्चित ओहदे पर बैठा व्यक्ति किसी ख़ास तरीक़े से बर्ताव करेगा। हम मानकर चलते हैं कि उस व्यक्ति को वह पद कुछ गुणों के कारण मिला है। लेकिन पहले क्या आता है : गुण प्राप्त करना या फिर ओहदे को हासिल करना। क्या राज्य की प्राप्ति से पहले कोई राजा राजसी हो सकता है, या फिर राज्य के होने से वह राजसी बनता है?

क्या बाहरी दुनिया से दुर्गा की इच्छा रखने वाला कोई व्यक्ति दुर्गा प्रदान कर सकता है? या किसी राजा के भीतर इतनी पर्याप्त शक्ति होती है कि वह बाक़ी लोगों को असीम दुर्गा दे सके?

बॉस बनने से पहले सुंदर की अपनी टीम के साथ अच्छी दोस्ती थी। जैसे ही सुंदर की पदोन्नति हुई, वे अलग तरीक़े से व्यवहार करने लगे, वे अहंकारी, अप्रिय और रौब जमाने वाले बन गए। क्या उनकी भूमिका ने उन्हें बदल दिया था या फिर उस नई भूमिका ने उन्हें उनका असली रंग सामने लाने का मौक़ा दे दिया ? अपनी नई ज़िम्मेदारियों के बोझ और अपने सहकर्मियों के साथ अत्यधिक अपनेपन को सुंदर इस टकराव के लिए दोषी ठहराते हैं। ठीक उसी समय कम्पनी के मालिक कल्याण सिंह सुंदर के साथ बातचीत करने का फ़ैसला

करते हैं। "क्या आप जानते हैं कि आपको अधिक वेतन, कार, सेक्रेटरी और केबिन क्यों दिया गया है?" सुंदर का जवाब होता है कि ये उनके काम का नतीजा है। फिर कल्याण सिंह पूछते हैं, "और आपका काम क्या है?" सुंदर अपने काम की पूरी जानकारी देते हैं और अपने उन क्षेत्रों की बात करते हैं, जिनमें उन्होंने अच्छे नतीजे हासिल किए हैं। "तो अगले स्तर तक पदोन्नति पाने की आपकी क्या योजना है?" सुंदर जवाब देते हैं कि यदि वे अपना काम अच्छी तरह करते हैं और अपने लक्ष्यों को पा लेते हैं, तो उनकी पदोन्नति अवश्य होगी। "नहीं," कल्याण सिंह कहते हैं, "बिल्कुल नहीं।" सुंदर यह बात समझ नहीं पाते। कल्याण सिंह बताते हैं, "यदि आप अपना काम अच्छी तरह करते हैं, तो मैं आपको कहीं और क्यों भेजूँगा? मैं आपको वहीं रहने दूँगा, जहाँ पर आप हैं।" सुंदर के चेहरे पर आए हैरानी के भाव देखकर कल्याण सिंह अपनी बात जारी रखते हैं, "यदि आप अपनी जगह के लिए किसी को तैयार करेंगे, तो फिर मैं आपको पदोन्नति देने की बात सोचूँगा, लेकिन आप तो किसी को भी तैयार नहीं कर रहे। आप बॉस बनने में, लोगों पर हुक्म चलाने की कोशिश में, अशिष्टता करने और अप्रिय बनने में ही व्यस्त हैं। इसका कारण यह है कि आप असुरक्षित महसूस करते हैं। जब तक आप स्वयं असुरक्षित हैं, तब तक आप किसी और को भी नहीं बढ़ने देंगे। जब तक आपके मातहत लोग आगे नहीं बढ़ेंगे, तब तक आपका विकास नहीं होगा। कम से कम मैं तो आपको कोई ज़िम्मेदारी नहीं दूँगा। आप वही काम हमेशा करते रहेंगे। क्या आप सचमुच यही चाहते हैं?" उस पल सुंदर विक्रमादित्य के सिंहासन का अर्थ समझ जाते हैं। आख़िरकार यहाँ बात राजसी ढंग से बर्ताव करने की नहीं है, बल्कि अपने राज्य को विकसित करने की है। उन्हें दुर्गा प्राप्त नहीं करनी है, बल्कि उन्हें दुर्गा प्रदान करनी है।

हमारी संपत्ति का नुक़सान हमारे असली रूप को उजागर करता है

क्या राज्य हमें राजा बनाते हैं? या फिर हम राज्य के बिना भी राजा हो सकते हैं? क्या हमारा मूल्य हमारे पास मौजूद चीज़ों पर निर्भर करता है? रामायण और महाभारत में इन प्रश्नों को उठाया गया है। दोनों महाकाव्यों में नायकों को अपनी संपत्ति के नुक़सान से निपटना पड़ता है और वनवास जाना पड़ता है। इस प्रकार की स्थिति से जिस तरीक़े से राम निपटते हैं और जिस ढंग से पांडव करते हैं, वही सब कुछ उजागर कर देता है।

अपने राज्य के चले जाने से राम पर कोई प्रभाव नहीं पड़ता। वे राज्य के साथ या उसके बिना भी राजा हैं। अरण्य-राम (वन के राम) और अयोध्या-राम (नगर के राम) की मानसिक छवि एक जैसी है। उनका मानसिक शरीर उनके भीतर मौजूद शक्ति से संचालित होता है और उन्हें अपने सामाजिक शरीर की पुष्टि के लिए बाहरी दुर्गा की ज़रूरत नहीं है। इसके ठीक विपरीत, राज्य के नहीं होने से पांडव टूट जाते हैं। वे घबरा जाते हैं। वे पीड़ित महसूस करते हैं। उनकी मानसिक छवि को चोट पहुँचती है,

क्योंकि उनके सामाजिक शरीर को नुक़सान पहुँचता है। वे वंचित, अस्वीकृत और ठगा हुआ महसूस करते हैं, क्योंकि उनकी मानसिक छवि उनके राज्य पर निर्भर करती है।

राम में नारायण पूरी तरह जाग्रत हैं और उन्हें सुरक्षित महसूस करने के लिए अयोध्या की आवश्यकता नहीं होती। जब उनकी पत्नी सीता का अपहरण होता है, तो वे उन्हें बचाने के लिए प्रतिबद्ध होते हैं और उन्हें मार्ग में संसाधन मिल जाते हैं। उनके पास कोई सेना नहीं है, फिर भी वे जंगल में एक सेना का गठन करते हैं और वानरों के झुंड को खूँखार योद्धाओं में बदल देते हैं। वे योद्धा कल्पनातीत कार्य करते हैं : समुद्र पर एक सेतु का निर्माण करते हैं, लंका के दुर्ग को गिरा देते हैं और भयानक राक्षसों की सेना को पराजित कर देते हैं।

पांडवों के साथ ऐसा नहीं होता। उन्हें अभिपुष्टि का अनुभव करने के लिए इंद्रप्रस्थ की आवश्यकता है। नारायणी पर उनकी निर्भरता से आगे बढ़ने और भीतर मौजूद नारायण की खोज शुरू करने के लिए कृष्ण उनकी सहायता करते हैं।

अक्सर नौकरी का सम्बन्ध अपने काम को पूरा करने के बजाय हमारे सामाजिक शरीर और उसके कारण हमारी मानसिक छवि को सुरक्षित करने से अधिक होता है। यही वजह है कि नौकरी के चले जाने से हमारा आत्ममूल्य और आत्मसम्मान कम होता है। हम वस्तुओं के माध्यम से दुर्गा प्राप्त करते हैं, लेकिन राम की तरह हमें अपने भीतर मौजूद शक्ति का आवाहन करना चाहिए, ताकि सौभाग्य व दुर्भाग्य के दौर में भी हमारी आस्था नहीं डिगे और उन बदलावों से हमारे आसपास की दुनिया भी प्रभावित नहीं हो।

मार्केटिंग का वाइस प्रेसिडेंट (वीपी) होने के नाते बीरेंद्र के बॉस उनका बहुत सम्मान करते हैं। वे अपनी टीम को मार्केटिंग के सिद्धांतों के बारे में बहुत अच्छी तरह बताते हैं। हर कोई उन्हें एक उदार और सज्जन पुरुष समझता है। ऐसा तब तक रहता है, जब तक कि विलय नहीं होता और उनकी कम्पनी

को एक बहुत बड़ी कम्पनी नहीं ख़रीद लेती। नए संगठन की व्यवस्था में बीरेंद्र मार्केटिंग के वीपी नहीं रह गए और उन्हें मार्केट रिसर्च व एनालिटिक्स का वीपी बना दिया गया। बीरेंद्र को यह अपने पद की अवनति जैसा लगा। वे खीझने लगते हैं और बहुत परेशान हो जाते हैं। वे अपने पूर्व सहकर्मियों से बात नहीं करना चाहते। वे गुस्से में हैं और उनमें कड़वाहट है, वे अब पहले की तरह उदार और सौम्य नहीं रह गए हैं। नारायणी की अनुपस्थिति ने उनके भीतर मौजूद नारायण को उजागर कर दिया है। बीरेंद्र विष्णु नहीं हैं, वे इंद्र हैं, जो तब तक खुश हैं, जब तक सब कुछ उनके अनुसार हो रहा है, वे विपरीत परिस्थिति का सामना करने में नाकाम रहते हैं।

वस्तुओं की तरह प्रतिभा और निष्ठा भी हमें सुरक्षित महसूस करवा सकती हैं

कुत्ता हमारी आत्म-छवि के लिए बहुत अच्छा है। एक पालतू होने के नाते वह बिना किसी शर्त के हमसे बहुत प्रेम करता है और हमारे द्वारा ध्यान दिए जाने पर वह अपनी पूँछ हिलाने लगता है, ध्यान नहीं दिए जाने पर रिरियाने लगता है और हमें किसी से कोई ख़तरा होने पर वह अधिकारपूर्वक भौंकने लगता है या हम पर अपना अधिकार जताता है। कुत्ता हर क़ीमत पर हमारी मानसिक छवि की पुष्टि करता है। दुनिया चाहे हमें माने या नहीं माने, लेकिन हमारा कुत्ता हमेशा मानेगा। वह निष्ठा का प्रतीक है, जो हमारी मानसिक छवि का पोषण करता है।

इसके विपरीत, गाय हमें दूध देती है। वह हमारी छवि के लिए कुछ नहीं करती, वह दूध दुहने वाले को दूध देती है। उसकी सराहना होने पर वह पूँछ नहीं हिलाती या ऐसा नहीं करने पर वह शिकायत भरा स्वर नहीं निकालती। यदि गाय को अच्छी तरह चारा दिया जाए, उसका ध्यान रखा जाए तो वह उदारता से दूध देती है। गाय हमारे भौतिक शरीर का पोषण करती है।

गाय हमें लक्ष्मी देती है, जबकि कुत्ता हमें दुर्गा देता है। प्रतिभा का तथास्तु यजमान को धनी बनाता है। निष्ठा का तथास्तु यजमान को सुरक्षित महसूस करवाता है। काम करते हुए हमें किस चीज़ की इच्छा करते हैं : गाय या कुत्ते? क्या हम ऐसी प्रतिभाएँ चाहते हैं, जो हमारे लक्ष्यों की प्राप्ति में सहायता करें या फिर वफ़ादारी, जिससे हम सुरक्षित महसूस करते हैं? तब क्या हो, जब हमारा लक्ष्य सुरक्षित होना हो?

अक्सर संपत्ति हमें पोषण देने के लिए नहीं, बल्कि सुरक्षित महसूस करवाने के लिए होती है। अधिक धन होने के विचार से हम ताक़तवर महसूस करते हैं। वास्तव में धन का इस्तेमाल समाज में हमारे दर्जे को बनाने में होता है। उससे कार ख़रीदी जाती है, उससे ख़रीदे गए घर से हम सामाजिक अनुक्रम में ऊपर उठते हैं। इस प्रकार, संपत्ति असुरक्षाओं को समाप्त करने का स्रोत भी है। लक्ष्मी एक कार्यात्मक दुर्गा हो सकती है।

हालाँकि जहाँ लोग हमारे प्रति वफ़ादार हो सकते हैं, वहीं धन व प्रतिभा किसी के अधीन नहीं होते। यही वजह है कि हमें अपने आसपास ऐसे निष्ठावान लोगों को रखना होता है, जो कठिन समय में हमारे साथ खड़े हों और किसी भी अन्य चीज़ की तुलना में हमें भावनात्मक सहारा उपलब्ध करवाएँ। अत्यधिक स्वतंत्र या अवैयक्तियक लोग ही इस दुनिया में बिना किसी वफ़ादारी के ज़िंदा रह सकते हैं।

जब संतोष कमिश्नर के पद से सेवानिवृत्त हुए, तो चपरासी ने उन्हें सलाम करना बंद कर दिया। उनके सभी 'दोस्तों' ने उन्हें अपनी दावतों में बुलाना बंद कर दिया। अचानक उन्हें महसूस हुआ कि उनका कोई मोल नहीं है। उन्हें पता चल गया कि हर किसी का रिश्ता उनके पद व ताक़त से था, उनके साथ नहीं था। लोगों को उनकी परवाह नहीं थी, बल्कि उनका सरोकार इस बात से अधिक था कि वे उनके लिए क्या कर सकते थे। वे अचानक वफ़ादारी और दोस्ती की अपनी भूख को लेकर सचेत हो गए। आख़िरकार ज़िंदगी का मतलब सिर्फ़ पैसा व ताक़त नहीं है।

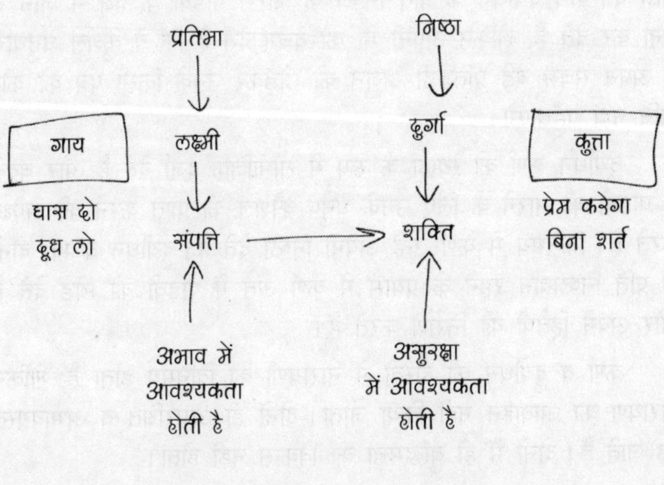

विनिमय वस्तुओं का होता है, विचारों का नहीं

महाभारत में कर्ण प्रतिभाशाली धनुर्धर हैं, जिनका पालन-पोषण सूत परिवार में हुआ है। उनकी पहचान सूतपुत्र के रूप में है, ना कि धनुर्धारी के रूप में। सामाजिक अनुक्रम में रथ चलाने वाले सारथी की तुलना में धनुर्धारी का दर्जा बड़ा है। अन्य शब्दों में कहें, तो उसके पास शक्ति है, लेकिन दुर्गा नहीं।

कर्ण सामाजिक दर्जे की इच्छा रखते हैं और वह उन्हें कौरवों में सबसे बड़े भाई दुर्योधन से मिलता है, जो उन्हें अंग देश का राजा बना देते हैं। बदले में दुर्योधन कर्ण की धनुर्धारी प्रतिभा अपने पक्ष में चाहते हैं। वे कर्ण की इस प्रतिभा का उपयोग कभी अपने मुख्य शत्रु पांडवों के विरुद्ध करने की आशा रखते हैं। पांडवों को लेकर दुर्योधन असुरक्षित हैं। कर्ण उन्हें सुरक्षित महसूस करवाते हैं। लेकिन कर्ण की प्रतिभा उन्हें सुरक्षित महसूस करवाती है या फिर उनकी निष्ठा?

महाकाव्य में बाद में कर्ण को पता चलता है कि पांडव वास्तव में उनके छोटे भाई हैं। वे उनकी माँ कुंती के पहले पुत्र हैं, जिनका जन्म कुंती के विवाह से पहले हुआ था, इसलिए उन्हें कर्ण को त्यागना पड़ा था। कर्ण को प्रोत्साहित किया जाता है कि वे कौरवों के विरुद्ध युद्ध में पांडवों का साथ दें। कर्ण दुर्योधन के प्रति निष्ठा के कारण पांडवों के पक्ष में जाने से मना कर देते हैं, लेकिन अपनी माँ को वचन देते हैं कि वे कुशल धनुर्धारी व अपने सबसे बड़े प्रतिद्वंद्वी अर्जुन को छोड़कर उनके किसी पुत्र को कोई हानि नहीं पहुँचाएँगे।

दुर्योधन कर्ण को स्वाहा के रूप में सामाजिक दर्जा देते हैं और बदले में पांडवों को मारने के लिए उनके धनुष कौशल को प्राप्त करने की अपेक्षा करते हैं। विनिमय में कर्ण उन्हें अपनी निष्ठा देते हैं। दुर्योधन व माँ, दोनों के प्रति निष्ठावान रहने के प्रयास में कर्ण अंत में पांडवों को छोड़ देते हैं और अपने हितैषी को निराश करते हैं।

कर्ण व दुर्योधन की दोस्ती में नारायणी का विनिमय होता है, लेकिन नारायण का आवाहन नहीं किया जाता। दोनों ही असुरक्षित व अभावग्रस्त रह जाते हैं। दोनों में ही बुद्धिमत्ता का विकास नहीं होता।

रुद्रप्रकाश नाखुश थे। उनके दो हेल्थ क्लबों को दो मैनेजर चलाते थे। मेहुल उनके साथ कई साल से काम कर रहे थे और उनके प्रति वफ़ादार थे। अमिताभ बहुत अच्छे मैनेजर थे, जो उनके कहे अनुसार चलते थे, लेकिन वे साफ़ तौर पर सौदेबाज़ी करते थे। मेहुल उतने बढ़िया नतीजे नहीं देते थे, लेकिन फिर भी बुरे दौर में उन पर भरोसा किया जा सकता था कि वे साथ निभाएँगे। अमिताभ नतीजे तो देते थे, लेकिन हालात सही नहीं होने पर रुद्रप्रकाश को छोड़ सकते थे। हर कोई अपने तरीक़े से असुरक्षित है। मेहुल की असुरक्षा उन्हें रुद्रप्रकाश से बाँधे रखती है। अमिताभ की असुरक्षा उन्हें रुद्रप्रकाश से भावनात्मक तौर पर अलग रहने को प्रेरित करती है। दोनों में से कोई भी बदलने या अपने भय से आगे जाने की कोशिश नहीं कर रहा है। वे भीतर से आने वाले नारायण की तुलना में बाहर से आने वाली नारायणी पर अधिक निर्भर हैं।

सम्बन्ध विचारों का होता है, वस्तुओं का नहीं

रामायण में जब राम-लक्ष्मण का सामना पहली बार हनुमान से होता है, तो लक्ष्मण को संदेह होता है कि वे राक्षस हैं और स्थिति तब स्पष्ट होती है, जब हनुमान शिक्षित विशिष्ट वर्ग की भाषा संस्कृत में बात करते हैं।

बाद में जब राम को पता चलता है कि हनुमान उन सुग्रीव के सेवक हैं, जिन्हें उनके बड़े भाई बालि ने राज्य से बाहर निकाल दिया है। राम सहायता का प्रस्ताव रखते हैं, लेकिन सुग्रीव आश्वस्त नहीं हैं कि राम ऐसा करने में सक्षम हैं। राम ताड़ के सात पेड़ों को एक तीर से बेधकर अपने कौशल और एक मृत भैंसे पर पैर का प्रहार करके उसे उड़ाकर बालि के दरबार में भेजकर अपनी शक्ति का प्रदर्शन करते हैं।

लक्ष्मण और सुग्रीव को असाधारणता के लिए प्रत्यक्ष साक्ष्य चाहिए। वे लोगों के पास मौजूद संसाधनों पर ध्यान देते हैं। राम व हनुमान किसी सबूत के सामने आए बिना पहले ही एक-दूसरे के महत्त्व को पहचान लेते हैं। वे एक-दूसरे के भीतर मौजूद नारायण पर ध्यान केंद्रित करते हैं।

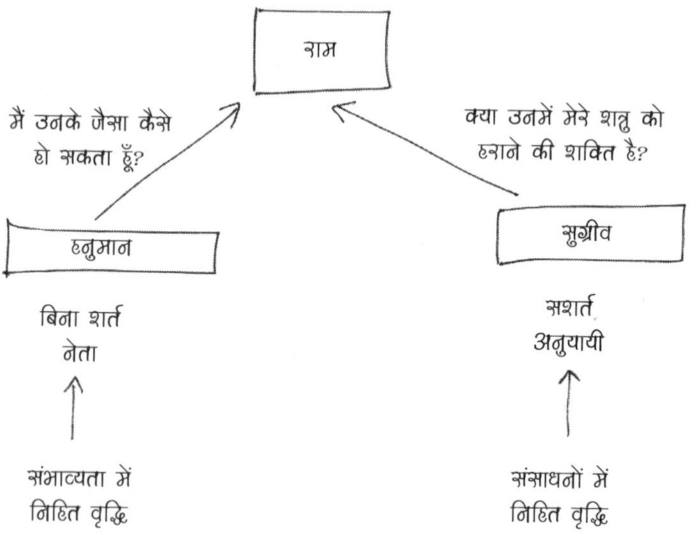

जब दो लोग मिलते हैं, तो चार चीज़ें सामने होती हैं : तुम और तुम्हारा, मैं और मेरा। जब तुम्हारे व मेरे के बीच विनिमय होता है, तो यह एक विनिमय है। जब मैं कौन हूँ का असर तुम कौन हो, पर पड़ता है, तो यह एक रिश्ता है। सुग्रीव और राम के बीच विनिमय होता है : राम राजा बनने में सुग्रीव की सहायता करते हैं, जबकि राम की पत्नी की खोज में सुग्रीव उनकी सहायता करते हैं। हनुमान व राम के बीच रिश्ता है : दोनों ही एक-दूसरे से कोई अपेक्षा नहीं रखते और उसके बावजूद एक-दूसरे की सहायता करते हैं। हनुमान सीता की खोज में राम की मदद करते हैं और ऐसा करके उन्हें अपनी पूरी क्षमता का पता लगता है। वे एक सामान्य वानर से स्वयं एक देवता में रूपांतरित हो जाते हैं।

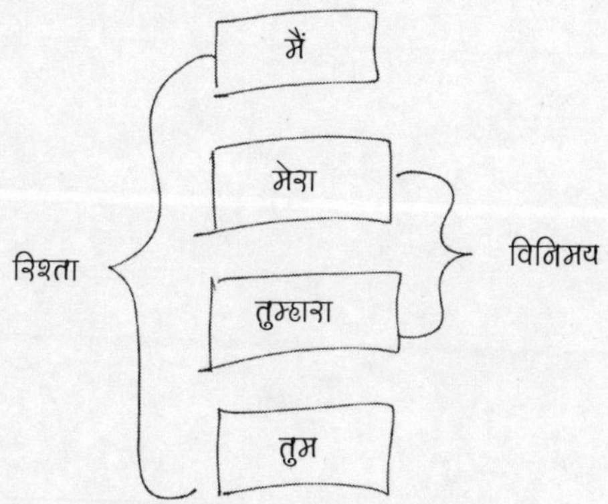

मनीष अपनी पत्नी गीतिका से शादी में पहले पहने गए हार के बजाय हीरे का नया हार पहनने को कहते हैं। "लोग ध्यान से देखेंगे और मैं नहीं चाहता कि वे सोचें कि मेरा बिज़नेस अच्छा नहीं चल रहा है।" गीतिका को किसी विज्ञापन की तरह महसूस होता है। जिस दायरे में उनके पति उठते-बैठते हैं, वहाँ इस बात से बहुत फ़र्क़ पड़ता है कि आप कैसे कपड़े पहनते हैं, कौन सी गाड़ी चलाते हैं और छुट्टियों में कहाँ जाते हैं। हर चीज़ को लगातार नापा जाता है और खुद को उसके हिसाब से बनाए रखना एक बड़े तनाव का कारण होता है। लेकिन गीतिका को

अपने कॉलेज के ज़माने के दोस्तों रफ़ीक़ और रेशमा के साथ वक़्त बिताना अच्छा लगता है। वे अब भी अपनी पुरानी कैंटीन में मिलते हैं और कभी भी पेशेवर कामयाबी या नाकामियों की परवाह नहीं करते। जैसा कि रफ़ीक़ अक्सर मनीष से कहते हैं, "मैं तुम्हारे साथ समय बिताना चाहता हूँ, ना कि तुम्हारी गाड़ी या पैसे के साथ।"

नियम

कोई भी संगठन अनिवार्य रूप से नियमों का एक समूह होता है। नियम शक्ति ही अधिकार है जो जंगल के क़ानून पर नियंत्रण करने में मानवता की सहायता करते हैं। नियम मानव-पशु को पालतू बनाते हैं। लेकिन मानव-पशु अपना प्रभुत्व जमाने व अल्फ़ा या प्रमुख के रूप में अपनी स्थिति को मज़बूत करने में इन नियमों का उपयोग कर सकता है। मानव-पशु नियमों का पालन करने का दिखावा भी कर सकता है और सही मौक़ा आने पर आक्रामक हो सकता है या विद्रोह कर सकता है। नियमों के मामले में काफ़ी कुछ होता है। जब हमें दूसरों के नियमों के अनुसार जीना पड़ता है, तो जीवन काम जैसा बन जाता है।

जंगल में चोर नहीं होते

एक बार उत्तंक जंगल से गुज़र रहे थे, उनके पास राजा सौदास द्वारा दिए गए रत्नजड़ित कुंडल थे। वे कुंडल राजा ने अपने गुरु की पत्नी को दिए गए वचन के अनुसार गुरु दक्षिणा के रूप में दिए थे। रास्ते में साँपों ने कुंडल चुरा लिए। उत्तंक इतने क्रोधित हुए कि उन्होंने अग्नि देवता का आवाहन कर दिया और साँपों की नगरी भोगवती को इतने धुँए से भर दिया कि सभी साँप उससे अंधे हो गए। यह तब तक चलता रहा, जब तक कि साँपों के राजा वासुकि ने वे कुंडल नहीं लौटा दिए।

उत्तंक ने साँपों को अपराधी के रूप में देखा; कुंडल उनके थे। साँपों ने उत्तंक को प्रभुत्व वाले ऐसे पशु के रूप में देखा, जिसने सभी प्रतिद्वंद्वियों को पराजित कर अपना शिकार प्राप्त कर लिया। मानव दृष्टि पशुओं की दृष्टि से अलग है क्योंकि वह अधिकार, नियम व उत्तरदायित्व जैसी सांस्कृतिक संरचनाओं के अस्तित्व को मानती है। प्रकृति में वस्तुओं या संपत्ति की कोई अवधारणा नहीं है, इसलिए वहाँ किसी चोर, पुलिस या अदालत के क़ानून का अस्तित्व नहीं होता।

जंगल में इलाक़ा होता है, संपत्ति नहीं होती। आप इलाक़े की चोरी नहीं कर सकते। आप अपने बच्चों व प्रियजनों को उसे विरासत में नहीं दे सकते। उसके लिए आपको लड़ना होता है। विजेता को सबकुछ मिल जाता है।

जंगल में कोई क़ानून, कोई अपराधी, कोई अधिकार, कोई कर्त्तव्य, कोई न्यायाधीश, कोई पंच नहीं होता। हर कोई अपने बलबूते पर रहता है।

ब्रह्मा इस दुनिया को नकार देते हैं। वे ऐसा स्थान चाहते हैं, जहाँ उनकी संपत्ति सुरक्षित व सम्मानित हो। यह नियमों की दुनिया है; यह संस्कृति है। नियमों की दुनिया में नियम तोड़ने वाले, अपराधी और भ्रष्ट लोग हैं। इसमें पुलिस, ऑडिटर और रेगुलेटर की आवश्यकता है। वे यह सुनिश्चित करते हैं कि शक्तिशाली लोग कमज़ोरों के अधिकारों का सम्मान करें।

शब्बीर मुस्कराए। एक दिन बस में बैठे एक व्यक्ति ने उनके द्वारा चलाई जा रही कार पर थूक दिया, उनके बॉस बहुत नाराज़ हुए। उन्होंने खिड़की के शीशे नीचे किए और उस आदमी को गालियाँ दी और उसे बदतमीज़ व घटिया दर्जे का कहा। ठीक उसी दिन एक उड़ती चिड़िया ने खिड़की पर बीट कर दी। बॉस नाराज़ हुए, लेकिन वे उस पक्षी पर चिल्ला नहीं सके। पक्षी यह बात नहीं समझ सकता था कि शिष्टाचार या दर्जे का क्या अर्थ था।

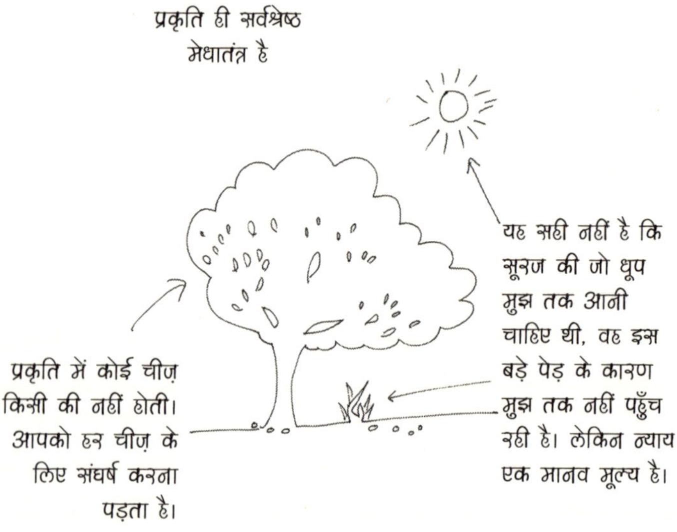

नियमों के बिना क्षेत्र है, संपत्ति नहीं

इंद्र के लोक में रहने वाली अप्सराएँ किसी भी नियम का अनुसरण नहीं करतीं। वे किसी क़ानून को नहीं मानतीं। वे पूरी तरह स्वतंत्र होती हैं। महाभारत के एक प्रकरण में जब अप्सरा उर्वशी अर्जुन को लुभाने की कोशिश करती हैं, तो अर्जुन यह कहकर पीछे हट जाते हैं कि वे तो उनकी माँ की तरह हैं, क्योंकि वे उनके पूर्वज पुरुरवा के साथ रही थीं। उर्वशी तर्क देती हैं कि वे किसी की पूर्वज नहीं हैं; वे सबकी हैं। वे कहती हैं कि अप्सरा पर मानवों के नियम लागू नहीं होते, लेकिन अर्जुन का कहना है, "लेकिन वे मुझ पर लागू होते हैं।"

उर्वशी प्रकृति का प्रतिनिधित्व करती हैं, जिस पर कोई नियम लागू नहीं होते, दूसरी ओर, अर्जुन संस्कृति से सम्बन्धित हैं - नियमों की दुनिया। नियमों के साथ आती है, स्वामित्व व संपत्ति की अवधारणा। प्रकृति में सबसे ताक़तवर या सबसे चतुर को इनाम मिलता है, जबकि संस्कृति में नियमों के कारण कमज़ोर को भी कुछ मिल जाता है।

रामायण में जब गौतम ऋषि अपनी पत्नी अहिल्या को अधिक आकर्षक व शक्तिशाली इंद्र की भुजाओं में पाते हैं, तो वे इंद्र को श्राप देते हैं कि उनका शरीर घावों से भर जाए और अहिल्या को श्राप देते हैं कि वे पत्थर में परिवर्तित हो जाएँ। गौतम सबसे शक्तिशाली, सबसे चतुर या फिर सबसे धनी भले नहीं हों; संभव है कि वे सबसे योग्य पति भी नहीं हों, लेकिन क़ानून के अनुसार वे पति हैं और केवल उन्हें अपनी अपनी पत्नी के साथ सम्बन्ध बनाने का अधिकार है और पत्नी से भी यही अपेक्षा की जाती है। क़ानून के अनुसार, इंद्र चोर हैं, जिन्होंने संस्कृति के नियमों की अवहेलना की है। क़ानून के अनुसार, अहिल्या ने विवाह के नियमों का अपमान करके व्यभिचार का अपराध किया है। इस प्रकार के आरोप उर्वशी जैसी अप्सरा के मामले में कोई मायने नहीं रखते।

नियम संस्कृति को स्थापित करते हैं। उन्हें इसलिए लागू किया जाता है ताकि एक ऐसी दुनिया बनाई जा सके, जिसमें कमज़ोर भी फले-फूलें और असहाय लोगों के भी अधिकार हों। दुर्भाग्यवश, नियमों से अंततः एक नए तरह का अनुक्रम बन जाता है, जो कि शक्ति या धूर्तता पर आधारित नहीं है, बल्कि किसी इंसान की मर्ज़ी पर आधारित होता है।

अतैव, कुछ संगठनों में किसी एक लिंग को दूसरे पर तरजीह दी जाती है या फिर किसी एक निश्चित समुदाय या राष्ट्रीयता को अन्य से अधिक प्राथमिकता दी जाती है। जटिल तर्कों का इस्तेमाल करके इन सभी निर्णयों को तर्कसंगत बनाया जाता है। हम तब तक बुद्धिशालियों के राज्य या मेधातंत्र के लिए प्रयास करते रहते हैं, जब तक कि हम यह महसूस नहीं करते कि यह एक क़ीमत पर आता है, जिसका भुगतान करने के लिए इंसान तैयार नहीं हैं।

शुरू में मंदिर के बाहर पार्किंग की सुविधा सभी के लिए निःशुल्क थी। कई दर्जन कारें बाहर खड़ी दिखाई देती थीं, क्योंकि परिवारों के झुंड के झुंड मंदिर में आते थे, विशेषकर शुक्रवार और शनिवार जैसे विशेष दिनों में। जल्दी ही गाड़ियों की संख्या इतनी बढ़ गई कि पार्किंग की जगह के लिए लोगों के बीच झगड़े होने लगे। अंततः शांति बनाए रखने के लिए कुछ नियम बनाने पड़े : पहले आओ, पहले पाओ। देर से आने वालों को बाहर सड़क पर गाड़ी खड़ी करनी होती थी और उनकी गाड़ी के उठाए जाने की आशंका भी थी। इससे उस इलाक़े के ताक़तवर व धनी लोगों को असुविधा होने लगी और उन्होंने मंदिर समिति से इस बात की शिकायत की और दबे-छिपे स्वर में मंदिर को वित्तीय सहायता रोकने की धमकी भी दी। मंदिर समिति ने वीआईपी लोगों के लिए पार्किंग स्थल पर जगह आरक्षित की। इससे परेशानी और बढ़ गई : कौन वीआईपी था और कौन नहीं। मंदिर की स्थापना करने वाला परिवार साधारण सी पृष्ठभूमि का था, लेकिन उस परिवार ने धनी दाताओं से अधिक अधिकारों की माँग की। नेताओं ने भी अपना अधिकार जताना शुरू कर दिया और विशेष अधिकारों

की माँग करने लगे। ऐसा नहीं करने पर अचानक मंदिर को सुरक्षित पार्किंग की वैधता को लेकर स्थानीय नगरपालिका के प्रश्नों का सामना करना पड़ा। स्थानीय विधान परिषद सदस्य को वीआईपी पास दिए जाने के बाद यह पूछताछ रुक गई। नियमों के नहीं होने पर अव्यवस्था पैदा हो जाती है। नियमों के रहने पर व्यवस्था क़ायम हो जाती है। लेकिन प्रभुत्वशाली अल्फ़ा की ज़रूरतों का ध्यान नहीं रखने की स्थिति में इस व्यवस्था पर लगातार संकट की स्थिति बनी रह सकती है। व्यवस्था के साथ अनुक्रम आता है।

नियमों से मानव-पशु को पालतू बनाया जाता है

पालतू बनाए जाने की प्रक्रिया हिंसक है। रामायण में शूर्पणखा एक मुक्त प्राणी है, जो राम के साथ अंतरंगता चाहती है। जब वे सीता से उसका परिचय करवाते हैं, तो वह सीता को अपना प्रतिद्वंद्वी समझती है। वह विवाह और निष्ठा के अर्थ को नहीं समझ पाती। जंगल में ये नियम कोई महत्त्व नहीं रखते। जंगल में सबसे मज़बूत व सबसे ख़ूबसूरत को साथी मिल जाता है। इसलिए, शूर्पणखा बलपूर्वक वह लेने की कोशिश करती है, तो उसे चाहिए। वह इस उम्मीद के साथ सीता पर हमला करने का फ़ैसला करती है कि पत्नी के नहीं रहने पर राम उसके वश में हो जाएँगे।

सीता को चोट से बचाने के लिए लक्ष्मण हस्तक्षेप करते हैं और शूर्पणखा को पीछे खींच लेते हैं। वे फिर उसकी नाक काटकर उसे बदसूरत बना देते हैं, जिससे वह किसी के भी प्रेम के योग्य नहीं रह जाती। ऐसा करके विवाह नियमों पर आया संकट टल जाता है। वन्य पशु को पालतू बना लिया गया। व्यवस्था बहाल कर दी गई।

संस्कृति से अवगत लक्ष्मण के दृष्टिकोण से उन्होंने सही काम किया है। शूर्पणखा के नज़रिये से उसका अपमान हुआ है और उसकी शक्ति कम हुई है। भले उसका बर्ताव जानवरों की तरह हो, लेकिन गुस्से का अनुभव करने के कारण यह पता चलता है कि वह जानवर नहीं है। वह मानव है। उसकी मानसिक छवि को बड़ा धक्का पहुँचता है। चाहे लक्ष्मण को लगे कि संस्कृति के नियमों की रक्षा करने के कारण वे नायक हैं, लेकिन उन्होंने केवल शूर्पणखा के क्रोध को हवा दी है। शूर्पणखा स्वयं को पीड़ित समझती है, ना कि खलनायिका।

संस्कृति की क़ीमत

नियम बनाने वाले और उन्हें लागू करने वाले लोग हमेशा ताक़तवर व सदाचारी महसूस करते हैं। नियमों का पालन करने को विवश लोग ऐसा महसूस नहीं करते। वे तभी इच्छापूर्वक नियमों का पालन करते हैं, जब उन्हें अच्छा लगे, वरना वे चुपचाप उन्हें मान लेते हैं। फिर कुछ ऐसे लोग भी होते हैं, जो नियमों से असहमत होते हैं, चाहे वह सही हो या नहीं और उन्हें तोड़कर वे शक्तिशाली महसूस करते हैं।

हॉस्पिटैलिटी फ़र्म और बिल्डर का एक संयुक्त उद्यम था। होटल को बिल्डर ने बनाया था, लेकिन उन्हें होटल चलाना नहीं आता था। इस कारण उन्होंने होटल के प्रबंधन का काम एक कम्पनी को दे दिया। विक्रांत होटल के मैनेजर थे और जल्दी ही उन्हें एक समस्या का सामना करना पड़ा। बिल्डर के बेटे संजय अक्सर हर शाम बार में आते और काउंटर से पैसे ले लेते। कैशियर द्वारा विरोध की कोशिश करने पर वे

कहते, “जानते नहीं, मैं कौन हूँ! मैं इस इमारत का मालिक हूँ।” उसे रोकना ज़रूरी था, इसलिए विक्रांत ने हेड ऑफ़िस में अपने बॉसेज़ को फ़ोन किया और उन्हें पूरी स्थिति के बारे में बताया। बॉसेज़ ने उन्हें पूरी सहायता देने का आश्वासन दिया। अगली बार जब संजय ने पैसा लेने की कोशिश की, तो विक्रांत व उनके दो मैनेजरों ने बीच-बचाव किया और उन्हें रोका। संजय ने उन्हें गंभीर नतीजों की धमकी दी। विक्रांत ने मोबाइल निकालकर संजय के पिता को फ़ोन किया और कहा, “सर, मुझे मैनेजमेंट द्वारा कहा गया है कि अगर संजय यहाँ के कर्मचारियों से बुरा बर्ताव करते रहे और यहाँ के कामकाज में दख़लअंदाज़ी करते रहे, तो वे काम को बंद कर देंगे। कृपया मुझे बताएँ कि अब क्या किया जाए।” जवाब सुनकर विक्रांत के होंठों पर मुस्कराहट आ गई। शर्मिंदा होकर संजय वहाँ से चले गए और फिर कभी वापस नहीं आए। शूर्पणखा को नियमों से नियंत्रित कर लिया गया था। लेकिन विक्रांत जानते थे कि इसकी कोई न कोई क़ीमत चुकानी पड़ेगी। इस घटना से बिल्डर की प्रतिष्ठा को धक्का लगा था और उसके कारण हॉस्पिटैलिटी फ़र्म के साथ रिश्ते ख़राब हो सकते थे और भविष्य में मुश्किल हो सकती थी। विक्रांत के बॉसेज़ भी यह बात जानते थे। विक्रांत को दूसरे होटल में भेज दिया गया और उन्हें चुपचाप कैश बोनस देकर कहा गया कि वे इस घटना के बारे में किसी को नहीं बताएँ। विक्रांत ने बहुत परिपक्वता का परिचय दिया था, इसलिए उनके बॉसों ने उनकी प्रतिभा को विशेष तौर पर अंकित किया।

अनुकूल बनाना स्वैच्छिक या अनैच्छिक हो सकता है

गरुड़ एक दास के रूप में पैदा हुए थे। उनकी माँ विनता अपनी बहन कद्रू के साथ लगाई गई एक शर्त हार गई थीं और उसके परिणामस्वरूप उनकी संतान को कद्रू व उनकी संतान नागों की सेवा करनी थी। "अगर तुम मुक्त होना चाहते हो, तो हमारे लिए अमृत लेकर आओ," नाग गरुड़ से कहते हैं।

गरुड़ तुरंत अमरावती जाते हैं और वहाँ उन्हें अमृत का कलश मिलता है, जिसकी रक्षा देवता कर रहे होते हैं। गरुड़ अपने पंखों का विस्तार करते हैं, अपने पैने पंजों को फैलाते हैं और उन पर झपट पड़ते हैं। इंद्र और देवता गरुड़ के सामने टिक नहीं पाते। वे उन्हें एक ओर धकेलकर अमृत भरे कलश पर अधिकार कर लेते हैं।

वापस जाते हुए उन्हें विष्णु मिलते हैं। विष्णु कहते हैं, "एक तरीक़ा है, जिससे तुम नागों को अमृत दिए बिना स्वतंत्रता प्राप्त कर सकते हो। यदि मैं तुम्हें वह रास्ता बता दूँ, तो बदले में तुम मुझे क्या दोगे?" गरुड़ आजीवन उनकी सेवा करने की शपथ लेते हैं।

फिर विष्णु कहते हैं, "अमृत का कलश देकर तुम्हारी मुक्ति सुरक्षित हो जाएगी, फिर तुम नागों को कहना कि उसे पीने से पहले वे नहाकर आएँ। वे यह मानकर कि उनके लौटने तक तुम कलश की रक्षा करोगे, कलश को तुम्हारे पास छोड़ जाएँगे। नागों के चले जाने पर इंद्र को कलश लेने देना। जब नाग तुम्हारे ऐसा करने पर तुमसे सवाल पूछेंगे, तो तुम उन्हें याद दिलाना कि तुम उन्हें अमृत का कलश दे चुके थे और तुम पर इस बात का दबाव नहीं था कि तुम इंद्र को उसे ले जाने से रोको, वह वैसे भी देवताओं का कलश था।" गरुड़ वैसा ही करते हैं : उन्हें उनकी स्वतंत्रता मिल जाती है, इंद्र को अमृत मिल जाता है और नागों को कुछ नहीं मिलता। इंद्र गरुड़ से इतने प्रसन्न हो जाते हैं कि नागों को उनका प्राकृतिक भोजन बना देते हैं। फिर गरुड़ विष्णु की सेवा करने के लिए वैकुंठ चले जाते हैं।

इस कहानी में गरुड़ नागों की सेवा करने का प्रतिरोध करते हैं, जबकि वे स्वेच्छा से विष्णु की सेवा करते हैं। पहला अनैच्छिक तौर पर पालतू बनना है। दूसरा स्वेच्छा से पालतू बनना है। अनैच्छिक स्थिति में पर हम अन्य लोगों के नियमों के अनुसार काम करने को विवश होते हैं। इसके ऐच्छिक होने पर हम अन्य लोगों के नियमों के अनुसार काम करने का चयन करते हैं।

हम अपनी इच्छा से अपने नियमों को छोड़ देते हैं और यदि अन्य लोग हमें कुछ ऐसा देते हैं, जो हमारे लिए महत्त्वपूर्ण है, तो हम उनके नियमों का पालन करने पर सहमत हो जाते हैं। किसी संगठन में काम करने की शुरुआत में जिस अनुबंध पर हम हस्ताक्षर करते हैं, वह अपनी स्वेच्छा से उस संगठन के अनुकूल बनना है।

श्रीकांत हमेशा समय पर कार्यालय पहुँचते हैं। उन्हें जल्दी आना और बाक़ी लोगों से पहले काम शुरू करना पसंद है। फिर एक दिन कम्पनी स्वाइप कार्ड सिस्टम शुरू करती है, ताकि हर किसी का समय पर आना सुनिश्चित हो सके। अचानक श्रीकांत की जल्दी आने की इच्छा समाप्त हो जाती है। उन्हें यह अच्छा नहीं लगता कि कोई उनकी ईमानदारी पर नज़र रखे और उसकी नापजोख करे। इसलिए अब वे बिल्कुल सही समय पर आते हैं और फिर सही समय पर चले जाते हैं, कम्पनी द्वारा अनैच्छिक रूप से पालतू बनाए जाने से पहले जो अतिरिक्त समय वे देते थे, अब वे वैसा नहीं करते। श्रीकांत विश्वास करने वाले विष्णु के सेवक बनेंगे, लेकिन शोषण करने वाले नाग के नहीं।

ऐच्छिक रूप से पालतू बनना
पैदल चलना मना है
पैदल चलिए
अनैच्छिक रूप से पालतू बनना
यह सबके लिए अच्छा है। मैं मानूँगा।
मैं मान लेता हूँ, लेकिन शक्तिशाली होने पर नियम तो तोड़ूँगा।
मेरे पास शक्ति है
मुझे दुर्गा से वंचित किया जा रहा है

नियमों के प्रति उदासीन लोग नापसंद किए जाते हैं

सती यज्ञ के सर्वोच्च संरक्षक दक्ष प्रजापति की बेटी थीं। शिव से मिलने पर उन्होंने उनसे पूछा, "आपका घर कहाँ है?" "घर? उसका क्या अर्थ है?" शिव ने पूछा। "बहुत अधिक गर्मी हो जाने पर आप कहाँ रहते हैं?" "कैलाश पर्वत पर," शिव का उत्तर था। "बहुत अधिक ठंड होने पर आप कहाँ रहते हैं?" "श्मशान में, चिता के पास, जो हमेशा जलती रहती है," शिव बोले। "बारिश होने पर आप कहाँ रहते हैं?" "गुफा में या बादलों के ऊपर," शिव ने जवाब दिया।

सती को जैसे ही महसूस हुआ कि शिव घर का अर्थ नहीं समझते, तो वे हँसने लगी। उन्होंने शिव को भोलेनाथ कहा और उनसे उन्हें प्रेम हो गया। उन्होंने शिव से विवाह करने तक का निर्णय ले लिया, जिस पर उनके पिता अनमने ढंग से सहमत हुए।

विवाह में दामाद को अपने ससुर के सामने झुकना होता है। जब शिव ने ऐसा करने से मना कर दिया, तो सती के पिता दक्ष ने इसे अपना बहुत बड़ा अपमान समझा। उसके बाद हुए भोज में शिव ने अपने साथियों, भूतों व कुत्तों को अपने हाथ से भोजन करवाया। दक्ष इन प्राणियों को घृणित व अशुभ समझते थे। उनके विरोध का शिव के लिए कोई अर्थ नहीं था।

सती समझ गईं कि शिव की स्वयं की कोई मानसिक छवि नहीं थी और इसलिए उन्हें किसी सामाजिक शरीर की भी आवश्यकता नहीं थी। वे संपत्ति व नियमों के प्रति उदासीन थे, जिनकी आवश्यकता आत्म-छवि की पुष्टि व अनुमोदन के लिए होती है। दूसरी ओर, दक्ष ने शिव को अलग तरीक़े से देखा। उन्होंने शिव को विनाशक, सामाजिक व्यवस्था के प्रति संकट के रूप में देखा। शिव काली के रूप में प्रकृति के साथ सहज थे, काली, जो जंगली, स्वच्छंद थी और नियमों से नहीं बँधी थी। दक्ष प्रकृति को गौरी के रूप में देखते थे, जो नियमों से बँधी थी और उनके नियंत्रण में थी।

दक्ष का आग्रह है कि बड़े कल्याण के लिए नियमों का पालन किया जाए। वे पालतू बनाने के पक्ष में हैं, लेकिन नियमों को लागू करवाने से

उनकी आत्मछवि का विस्तार हो जाता है और वे प्रभुत्वशाली अल्फ़ा के रूप में बर्ताव करने लगते हैं। यह इस सीमा तक होता है कि वे शिव को अपने विरोधी के रूप में देखने लगते हैं, ना कि किसी ऐसे के रूप में जिसे अपने अनुकूल नहीं बनाया जा सकता।

शिव साँड हैं। अगर किसी साँड को बधिया कर दिया जाए तो वह बैल में बदल जाता है, जो बोझा ढोता है। वह किसी गाय को गर्भवती नहीं कर सकता। यह आवश्यक है कि शिव को नियमों के दायरे से बाहर रहने दिया जाए। दक्ष यह नहीं समझ पाते और शिव के हठ को निजी अपमान के रूप में ले लेते हैं। शिव कभी भी दक्ष की अवहेलना नहीं कर रहे, वे तो बस अपने सहज रूप में हैं।

लंका के राजा रावण नियमों की अवहेलना करते हैं और अयोध्या के राजकुमार राम उनका पालन करते हैं, लेकिन रावण शिव नहीं हैं और राम भी दक्ष नहीं हैं। शिव के विपरीत रावण लोगों को नियंत्रित करना चाहते है; वे सत्ता की अवहेलना करते हैं, क्योंकि वे स्वयं सत्ता बनना चाहते हैं। शिव एक वैरागी हैं, जिनकी किसी पर प्रभुत्व जमाने या किसी को अपने अनुकूल करने की कोई इच्छा नहीं है। दक्ष के उलट राम लोगों को नियंत्रित नहीं करना चाहते; वे सत्ता का नहीं, नियमों का सम्मान करते हैं। वे नियमों का मोल और जीवन में उनका स्थान जानते हैं। वे यह भी जानते हैं कि नियमों को बनाए रखने के लिए क्या क़ीमत चुकानी पड़ती है। अतैव वे क़ानून को बनाए रखने की प्रक्रिया में अपने सुख का त्याग करने में सहज अनुभव करते हैं।

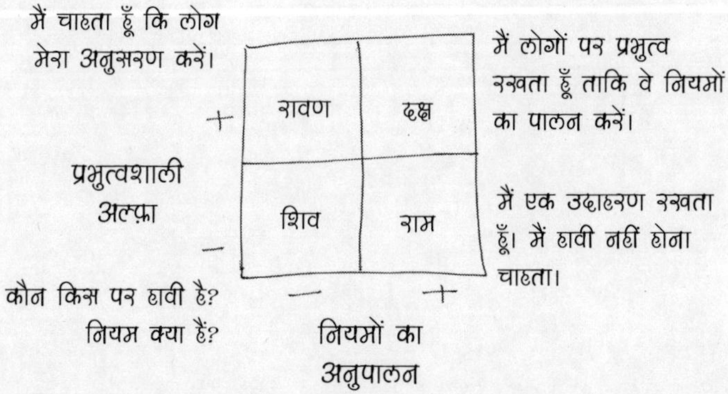

मीरचंदानी अपेक्षा करते हैं कि उनकी अकाउंटिंग फ़र्म का हर कर्मचारी समय पर दफ़्तर पहुँचे। एक मिनट की भी देरी होने पर उनका आधे दिन का वेतन कट जाता है, लेकिन मीरचंदानी खुद हमेशा देर से आते हैं। उनका मानना है कि वे मालिक हैं और यह उनका विशेषाधिकार है, वे यह कहकर अपनी बात को तर्कसंगत बनाते हैं कि बाक़ी कर्मचारी तो छह बजे निकल जाते हैं, जबकि वे इसके विपरीत देर रात तक काम करते हैं। ऐसा करके वे रावण की तरह संगठनात्मक अनुक्रम अपने प्रभुत्व को स्थापित करते हैं। सीनियर अकाउंटेंट विशाल किसी भी तरह से समय पर दफ़्तर नहीं पहुँच सकते। उन्हें सुबह ग्यारह बजे काम करना पसंद है और उन्हें देर रात तक रुककर काम पूरा करने में कोई आपत्ति नहीं है। विशाल का वेतन काटने और उन्हें उलाहने देने का उन पर कोई असर नहीं पड़ता। मीरचंदानी उन्हें अहंकारी व अवज्ञाकारी कहते हैं, लेकिन विशाल का इरादा व्यवस्था की अवहेलना करना नहीं है। वे दोपहर बाद ही अच्छी तरह काम कर सकते हैं और उन्हें सुबह जल्दी उठने में परेशानी होती है। विशाल व मीरचंदानी के बीच का तनाव एक ऐसे मोड़ पर पहुँच जाता है, जहाँ विशाल को काम छोड़ने के लिए कह दिया जाता है। इस तरह मीरचंदानी एक प्रतिभाशाली कर्मचारी से हाथ धो बैठते हैं, क्योंकि दक्ष की तरह उन्हें विशाल की बुद्धिमानी के बजाय उनकी आज्ञाकारिता और नियमों के अनुपालन में अधिक रुचि है।

नियम दमनकारी हो सकते हैं

नियमों के प्रति राम का जुनून उन्हें अमानवीय कर देता है और उन्हें अनासक्त व उदासीन बना देता है। उनके द्वारा बनाई गई व्यवस्था सबके हित में नहीं होती : शम्बूक व सीता के तो बिल्कुल भी नहीं।

नियम कहते हैं कि केवल पुरोहित वर्ग के लोग समाज का त्याग कर तपस्वी बन सकते हैं, लेकिन दास वर्ग के लोग ऐसा नहीं कर सकते। अतैव जब एक दास शम्बूक तपस्वी बनता है, तो राम उसका सिर काट लेते हैं।

नियमों के अनुसार राजा को ऐसी महिला को रानी के रूप में नहीं स्वीकार कर सकता, जो कि उसकी प्रजा में चर्चा का विषय हो। सीता का अपहरण और रावण के महल में उनका रहना लोगों के बीच चर्चा का विषय है, इसलिए राम गर्भवती सीता को वन में छोड़ देते हैं। वे यह अच्छी तरह जानते हैं कि सीता सदैव उनके प्रति निष्ठावान रही हैं।

अक्सर संगठनों में लोगों को इस आधार पर नौकरी छोड़ने के लिए कहते हैं कि उन्होंने कोई नियम तोड़ा है। नेता के पास क्षमा करने या इस प्रकार के उल्लंघन को अनदेखा करने की शक्ति होती है, लेकिन वे अपने निर्णयों से कम्पनी पर पड़ने वाले प्रभाव के भय से ऐसा नहीं करते। क्षमा करने को पक्षपात के रूप में देखा जा सकता है। इससे आचार सवालों के घेरे में आ सकता है।

इस बात को लेकर नियम बहुत स्पष्ट थे कि बेल कर्व के अनुसार बोनस दिया जाएगा। कुछ लोगों को अन्य से अधिक बोनस मिलेगा और कम से कम एक ऐसा व्यक्ति होगा, जिसे बोनस नहीं मिलेगा। उदय का तर्क था कि उनकी टीम के सभी सदस्यों ने संतोषजनक काम किया है और किसी का भी काम शानदार नहीं है। ऊपर बैठे लोगों को इसकी परवाह नहीं होती : हर बार नियम को लागू किया जाना ज़रूरी था। टीम को अलग ढंग से श्रेणीकृत किया जाना आवश्यक था। किसी को भी इससे छूट नहीं मिल सकती थी। उदय को गुस्सा आया, लेकिन वे नियमों को लेकर कुछ कर नहीं सकते थे। यदि राम बनना था, तो शम्बूक का सिर काटा जाना ज़रूरी था और सीता को भी वनवास दिया जाना आवश्यक था।

नियम उपेक्षित और बाहरी व्यक्तियों को तैयार करते हैं

महाभारत में तीन महान धनुर्धारी हैं : अर्जुन, कर्ण और एकलव्य। नियम कहते हैं कि राजसी परिवार का सदस्य होने के नाते अर्जुन को धनुष उठाने का अधिकार है। वही अधिकार कर्ण और एकलव्य को नहीं दिया गया, क्योंकि कर्ण सारथियों के परिवार के थे, जो सेवक होते हैं, उधर एकलव्य वन में रहने वाले एक आदिवासी थे। कर्ण को अपने गुरु से अपनी पहचान छिपाकर गुप्त रूप से धनुर्विद्या सीखनी पड़ती है। एकलव्य को स्वयं ही अभ्यास करना पड़ता है, क्योंकि राजसी गुरु द्रोण उन्हें सिखाने से मना कर देते हैं। देश की सामाजिक संरचना न्यायोचित नहीं है।

जंगल के क़ानून को उलटने के लिए बनाए गए नियम अंततः एक ऐसी संस्कृति की रचना करते हैं, जो अन्यायपूर्ण व दमनकारी है। अतैव हिंदू धर्म में भगवान ना केवल नियमों का पालन करने वाले राम हैं, बल्कि नियम तोड़ने वाले कृष्ण भी हैं। कृष्ण लीला पुरुषोत्तम हैं, जो कि खेल खेलने में माहिर हैं। उनकी कल्पना हमेशा एक गोपाल व सारथी के रूप में की जाती है, जो कि सेवक वर्ग के होते हैं, जबकि कृष्ण स्वयं राजसी परिवार के सदस्य हैं। वे सामाजिक दर्जे का उपहास कर रहे लगते हैं।

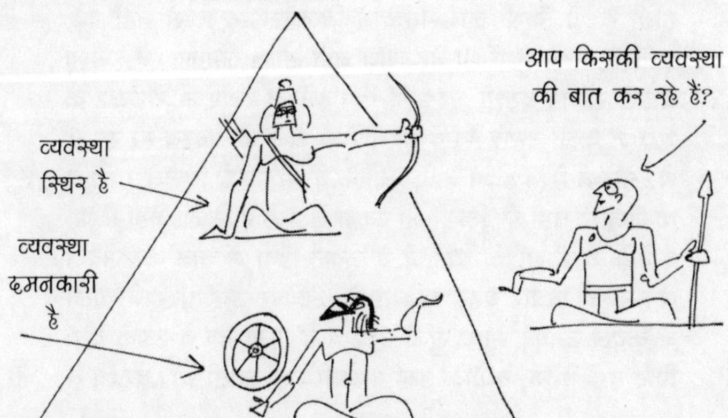

यहाँ मुद्दा नियम या उनका पालन या उन्हें तोड़ने का नहीं है, लेकिन इन नियमों के पीछे मौजूद कारण का है। क्या वे असहायों की सहायता कर रहे हैं, जैसा कि उनसे अपेक्षा थी या फिर वे शक्तिशाली को अधिक शक्ति दे रहे हैं? नियम इसलिए बनाए गए थे कि जंगल को समाज से बाहर रखा जाए, लेकिन अधिकतर मामलों में वे समाज को जंगल से भी बदतर बनाने के साधनों में बदल जाते हैं।

मथियस जानते हैं कि वे परिवार के सबसे बड़े बेटे हैं, इसलिए अपने डिपार्टमेंटल स्टोर का सीईओ बनने को हमेशा उनके ख़ानदान के तौर पर देखा जाएगा, ना कि उनकी प्रतिभा के परिणाम के रूप में। इस बात से कोई फ़र्क़ नहीं पड़ता कि वे कितनी कड़ी मेहनत करते हैं, कम्पनी के बाक़ी लोगों की तुलना में उनका प्रदर्शन कैसा है, वे हमेशा अपने पिता के बेटे ही रहेंगे। वे आधुनिक समय के अर्जुन हैं, जो लगभग हर कारोबारी परिवार में पाए जाते हैं। इसके विपरीत, माथुर जानते हैं कि कई साल तक खुद को साबित करने के बावजूद वे कभी सीईओ नहीं बन सकते; वे उस परिवार का हिस्सा नहीं हैं और वह परिवार कभी भी किसी पेशेवर व्यक्ति को सीईओ नहीं बनाएगा। वे आधुनिक कर्ण हैं, जो अपने परिवार का व्यवसाय छोड़कर एक पेशेवर कम्पनी में काम करते हैं और उन्हें यह महसूस होता है कि एक बहुराष्ट्रीय कम्पनी में भी एक सीमा होती है। वे किसी जाने-पहचाने बिज़नेस स्कूल से नहीं पढ़े, इसलिए उन्हें कभी भी बेहतरीन नहीं माना जाएगा। वे हमेशा बाहरी रहेंगे। बख़्शी भी उसी डिपार्टमेंटल स्टोर में मैनेजर के रूप में काम करते हैं। वे रणनीतिक टीम के सदस्य हो सकते थे, लेकिन ऐसा होगा नहीं, क्योंकि वे भी किसी बिज़नेस स्कूल के ग्रैजुएट नहीं हैं। किसी भी स्कूल ने उन्हें दाख़िला नहीं दिया, क्योंकि वे सामूहिक चर्चा में वे केवल हिंदी में बात कर सकते थे। उनके विचार बहुत बढ़िया थे, लेकिन उन्हें परखने वालों ने केवल उनकी भाषा सुनी और उन्हें लगा कि वे उनके बीच फ़िट नहीं बैठेंगे, क्योंकि उन्हें अंग्रेज़ी नहीं आती थी। बख़्शी ने

अंग्रेज़ी नहीं सीखी, क्योंकि वे जिस सरकारी स्कूल में पढ़ते थे, वहाँ पर केवल स्थानीय भाषा पढ़ाई जाती थी। इसका कारण यह था कि राजनीतिक दल 'विदेशी' भाषा के बजाय क्षेत्रीय भाषाओं को समर्थन देने पर बल देते थे, यह और बात थी कि उन नेताओं के बच्चे अंग्रेज़ी माध्यम स्कूलों में जाते थे। बख़्शी आधुनिक समय के एकलव्य हैं; जो नहीं कह सकते कि क्योंकि उनका हित चाहने वाले नेताओं व शिक्षाविदों ने उन्हें उनके अँगूठे से वंचित कर दिया।

नियमों से नक़लची और पाखंडी बनते हैं

महाभारत में दुर्योधन कोई नियम नहीं तोड़ते हैं। वे बस युधिष्ठिर को पाँसे का खेल खेलने के लिए आमंत्रित करते हैं। दुर्योधन नहीं, बल्कि युधिष्ठिर अपने राज्य, अपनी पत्नी द्रौपदी को हार जाते हैं। पांडवों की साझा पत्नी को उनके कक्ष से बालों से पकड़कर घसीटकर लाया जाता है, उन्हें अपमानित किया जाता है, सार्वजनिक रूप से उनका चीरहरण किया जाता है, तो कोई भी उनके बचाव के लिए नहीं आता, ना भीष्म, ना द्रोण और ना ही कर्ण, जबकि वे उन सबसे सहायता की याचना करती हैं। उनके साथ हुए व्यवहार को न्यायसंगत ठहराने के लिए नियमों व क़ानूनों का हवाला दिया जाता है।

बाद में, जब पांडव अपने तेरह वर्ष के वनवास के बाद लौटते हैं, तो दुर्योधन उनका राज्य लौटाने से मना कर देते हैं। उनका तर्क होता है कि उनके समय की गणना के अनुसार पांडवों को तेरह साल पूरे होने से पहले ही देख लिया गया और इसलिए समझौते के अनुसार उन्हें फिर से तेरह साल के लिए वन चले जाना चाहिए। इस पर कृष्ण तर्क देते हैं कि कौरवों की गणना में लीप वर्ष का ध्यान नहीं रखा गया। वास्तव में, पांडव निर्धारित अवधि से अधिक समय तक वनवास में रहे थे। दुर्योधन इससे असहमत होते हैं। अतः कृष्ण एक समझौते का प्रस्ताव रखते हैं, “शांति बनाए रखने के लिए पांडवों को केवल पाँच गाँव दे दिए जाएँ।” इस प्रकार घिर जाने पर दुर्योधन अंततः अपने तर्कसंगत दावों के पीछे मौजूद अपना वास्तविक आशय प्रकट करते हुए कहते हैं, “मैं किसी भी परिस्थिति में उन्हें सुई की नोक के बराबर भूमि भी नहीं दूँगा।”

दुर्योधन कपटी हैं, नक़लची, जो नियमों का पालन तो करते हैं, लेकिन उनके पीछे मौजूद उद्देश्यों की परवाह नहीं करते। वे नियमों का उपयोग अपने आसपास की दुनिया को नियंत्रित करने व अपना काम निकालने के लिए करते हैं।

एक ऐसी दुनिया, जिसमें प्रक्रियाओं व प्रणालियों को भावनाओं से अधिक महत्त्व दिया जाता है, यह स्पष्ट है कि इस तरह की ज़बरदस्त

क़िस्म की संस्कृति दुर्योधनों को बढ़ावा देती है। हम मानकर चलते हैं कि आज्ञाकारी व्यक्ति प्रतिबद्ध व्यक्ति है। फिर भी हमें महसूस होता है कि टीम का आपस में कोई जुड़ाव नहीं है और सभी भावनात्मक रूप से एक-दूसरे से अलग-थलग हैं। वे पेशेवर बनते हैं, क्योंकि वे लोगों के बारे में परवाह करना छोड़ चुके हैं; वे बस अपने कार्यों व लक्ष्यों से मतलब रखते हैं और वे कठोरता व बेरहमी से उन्हें पूरा करने की कोशिश करते हैं। दरअसल जब हम पेशेवर रवैये का गुणगान कर रहे होते हैं, तो हम दुर्योधन की सराहना कर रहे होते हैं, जो क़ानून के शाब्दिक अर्थ को तो महत्त्व देता है, लेकिन उसकी आत्मा को नहीं। बर्ताव को साबित किया और नापा जा सकता है, लेकिन धारणा को नहीं।

एक बड़ी कॉस्मेटिक्स कम्पनी के अंतर्राष्ट्रीय सम्मेलन में ब्रेकआउट सेशन्स यानी छोटे समूहों की बैठकों के दौरान हर किसी से पुराने उत्पाद की नई स्थिति से जुड़े मुद्दों के बारे में उनकी राय रखने को कहा गया। यास्मीन को भारत की स्थानीय वास्तविकताओं से उठी बातों से कई आपत्तियाँ थीं। लेकिन इससे पहले कि वे अपनी राय रखतीं, उनके बॉस गजेंद्र ने उनके कंधे को थपथपाकर उनसे कहा, “यह तो बस दिखावा है। वे लोग पहले ही ब्रोशर्स व जानकारी छपवा चुके हैं और एजेंसियाँ विज्ञापन बना चुकी हैं, जिन्हें हम दिखा चुके हैं, इसलिए किसी तरह का विरोध जताने या ईमानदारी दिखाने की ज़रूरत नहीं है। यह बैठक सिर्फ़ एक औपचारिकता है, जिसमें बोर्ड ऑफ़ डायरेक्टर्स को यह बताया जा रहा है कि उत्पाद लाने से पहले स्थानीय बाज़ारों से सलाह ली गई थी। किसी को उस पर विश्वास नहीं होता, लेकिन फिर भी हर कोई उनके प्रयासों की वाहवाही करता है। बस मुस्कराओ और उन्हें बताओ कि नई स्थिति कितनी बढ़िया है। वे बस वही सुनना चाहते हैं। अगर आपने उन्हें वही कहा, जो वे सुनना चाहते हैं, तो वे आपको अगले अंतर्राष्ट्रीय सम्मेलन में बुलाकर आपको इनाम देंगे।” इस बात के साथ गजेंद्र ने यास्मीन को उनके अपने निजी विचारों के बावजूद दुर्योधन बनने और व्यवस्था के साथ काम करने के लिए प्रोत्साहित किया।

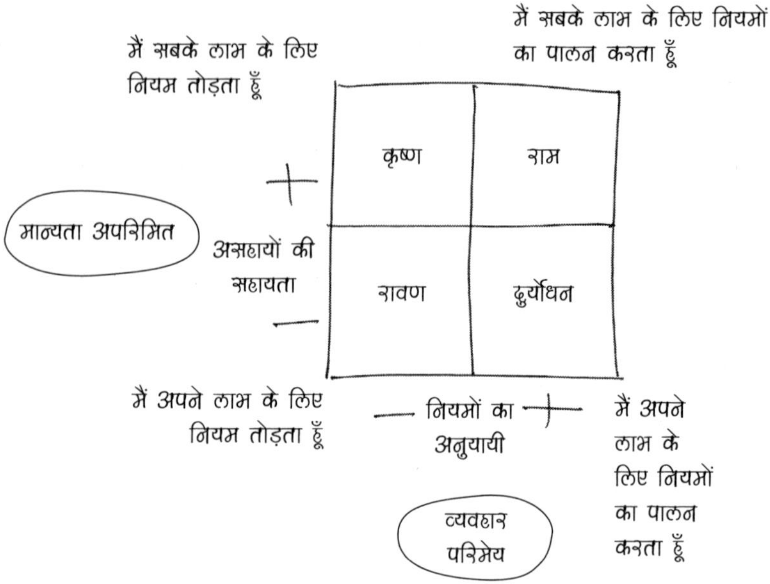

मैं सबके लाभ के लिए नियम तोड़ता हूँ
मैं सबके लाभ के लिए नियमों का पालन करता हूँ
कृष्ण
राम
मान्यता अपरिमित
असहायों की सहायता
रावण
दुर्योधन
मैं अपने लाभ के लिए नियम तोड़ता हूँ
नियमों का अनुयायी
मैं अपने लाभ के लिए नियमों का पालन करता हूँ
व्यवहार परिमेय

हम अपने नियमों के अनुसार जीना चाहते हैं

रावण हिंदू पौराणिक कथाओं के सबसे अधिक क़रिश्माई व सम्मोहक खलनायक हैं। दस सिर, बीस बाँहें, उड़ते रथ और समुद्र के बीचोंबीच स्वर्ण नगरी वाले रावण रामायण में अलग ही दिखते हैं। वे अपने भाई कुबेर को लंका से निकाल देते हैं और स्वयं को राजा घोषित कर देते हैं। जब राम व लक्ष्मण उनकी बहन शूर्पणखा को अपमानित करते हैं, तो वे राम की पत्नी का अपहरण करके उन्हें सबक़ सिखाने का फ़ैसला करते हैं। रावण अपने नियमों के अनुसार जीवन जीने के कारण सराहे जाते हैं। इस बात की अनदेखी की जाती है कि वास्तव में रावण एक प्रभुत्वशाली अल्फ़ा नर हैं, जिन्हें किसी की परवाह नहीं, वे बस उनका ध्यान रखते हैं, जो उन्हें प्रसन्न रखते हैं। वे अपने भाई विभीषण को घर से निकाल देते हैं, क्योंकि वे उनका साथ नहीं देते। वे अपने दूसरे भाई कुम्भकर्ण को नींद से जगाते हैं, जबकि पहले से भविष्यवाणी हो चुकी है कि अगर कुम्भकर्ण को समय से पहले जगाया गया, तो निश्चित ही उनकी मृत्यु हो जाएगी। वे अपनी नगरी लंका को जलने देते हैं और अपने बेटों व भाइयों को मरने देते हैं, लेकिन सीता को नहीं लौटाते।

महाभारत में पांडवों में से एक भीम अपने नियमों के अनुसार जीने के गुण का प्रदर्शन करते हैं। उनकी आदत है कि वे सीधे गंतव्य की ओर जाते हैं, किसी मोड़ पर नहीं मुड़ते और रास्ते में आने वाली किसी भी चीज़ को नष्ट कर देते हैं। भीम की शक्ति से डरकर चट्टानें, पेड़ और पशु उनके लिए रास्ता छोड़ देते हैं। एक बार अपनी प्रिय पत्नी के लिए फूल लेने जाते हुए भीम को अपने रास्ते में एक वानर लेटा दिखाई देता है। बूढ़े वानर को अपना परिचय देते हुए भीम उससे रास्ता देने के लिए कहते हैं। बूढ़ा वानर भीम से कहता है, “मैं हिल नहीं सकता, बहुत निर्बल हूँ। आप मेरी पूँछ एक तरफ़ कर दें और आगे बढ़ जाएँ।” भीम ऐसा करने की कोशिश करते हैं, लेकिन नाकाम रहते हैं। वानर बताता है कि वे हनुमान हैं, वे प्रकृति का प्रतिनिधित्व करते हैं, जो मानव की अति के आगे समर्पण करने से मना कर देती है।

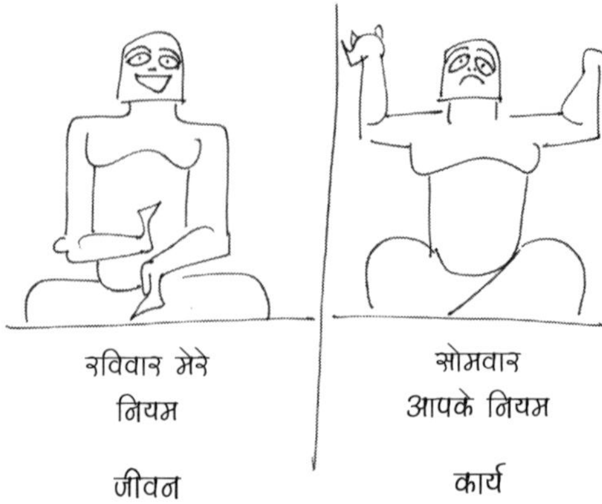

हम ऐसे लोगों की तारीफ़ करते हैं, जो अपने तरीक़े से काम करते हैं, जो सरकार के सामने खड़े होते हैं, नीतियाँ बदलते हैं और उद्योग व समाज पर अपनी छाप छोड़ते हैं। वे अवज्ञाकारी नायक उस अपरिष्कृत शक्ति का प्रतिनिधित्व करते हैं, जो साहस व दृढ़ निश्चय से उनके आसपास की दुनिया को आकार देती है। ज़्यादा नज़दीक से देखने पर हम पाते हैं कि ऐसे लोग अपने आसपास की दुनिया पर प्रभुत्व जमाने व नियंत्रण हासिल करने के लिए नियमों का इस्तेमाल करते हैं।

प्रकाश उद्यमी बनना चाहते हैं। वे ऐसा इसलिए नहीं करना चाहते कि उनके पास कोई बड़ा विचार है या प्रस्तुत करने के लिए कोई बढ़िया सेवा है, वे तो बस खुद अपना बॉस बनना चाहते हैं। वे बाक़ी लोगों की बात मानते-मानते, अपने उन वरिष्ठों की सनकों व इच्छाओं के आगे समर्पण करते हुए थक गए हैं, जो उनके अनुसार उनसे कम प्रतिभाशाली हैं। वे पहिए का दाँता नहीं बनना चाहते, वे उस पहिए का स्वामी बनना चाहते हैं। वे अल्फ़ा बनना चाहते हैं। वे चाहते हैं कि सब लोग उनकी बात सुनें और वे अपनी शर्तों पर ज़िंदगी जिएँ।

नियम तोड़े बिना अभिनव प्रयोग संभव नहीं हैं

बचपन में कृष्ण नियमों की अवहेलना कर गोपियों का मक्खन व दिल चुराकर माखनचोर व चितचोर कहलाते थे। फिर भी उन्हें क्षमा कर दिया जाता है, क्योंकि उनकी लीलाओं से लोग आनंदित होते हैं और वे लोगों को अपने संसाधनों व स्नेह को लेकर अधिक उदार होने पर विवश करते हैं।

बड़े होने पर कृष्ण रणभूमि में कई बार नियमों को तोड़ते हैं। वे अर्जुन के रथ पर उभयलिंगी शिखंडी को खड़ा करके भीष्म को उनका धनुष झुकाने पर पर विवश कर देते हैं। द्रोण से हथियार छुड़वाने के लिए कृष्ण यह अफ़वाह फैलाते हैं कि द्रोण के पुत्र अश्वत्थामा की मृत्यु हो गई है। वे अश्वत्थामा नामक एक हाथी का उल्लेख कर रहे होते हैं, लेकिन वे जानते हैं कि द्रोण समझेंगे कि उनके पुत्र की मृत्यु हो गई है और वे अपने हथियार रख देंगे, जिससे धृष्टद्युम्न को वृद्ध आचार्य का सिर काटने का अवसर मिल जाएगा। कृष्ण अर्जुन को कर्ण पर हमला करने को प्रेरित करते हैं, जबकि कर्ण निहत्थे, असहाय हैं और अपने रथ के पहिए को भूमि से निकालने में व्यस्त हैं। वे भीम को उकसाते हैं कि वे दुर्योधन की नाभि के नीचे उनकी जाँघ पर घातक प्रहार करें, जो स्पष्ट रूप से मल्लयुद्ध में वर्जित है।

कृष्ण को अन्वेषक भी कहा जा सकता है, जो कि ऐसे पुराने नियमों को तोड़-मरोड़कर कुछ नए बेहतर नियमों की रचना करता है, जो अब अपने मायने खो चुके हैं। लेकिन वे मुस्कराते हुए, सौम्यता से और लोगों को अपने विश्वास में लेकर ऐसा करते हैं। यह परिवर्तन बहुत सूक्ष्म ढंग से होता है। बदलाव का लक्ष्य एक ऐसे समाज का निर्माण करना है, जहाँ जंगल नियमों का अस्तित्व नहीं रह जाता।

हर व्यक्ति एक अन्वेषक, एक पाखंडी होता है - विभिन्न संदर्भों के अनुसार आज्ञाकारी और अवज्ञाकारी हो सकता है। हर टीम में में कोई न कोई ऐसा इंसान होता है। यह संस्कृति की दुनिया है, जिसमें सब कुछ वैसा नहीं होता, जैसा लगता है। इसमें प्रकृति की पारदर्शिता नहीं होती। जब तक कल्पना है, तब तक भावनाओं की पारदर्शिता नहीं रहेगी।

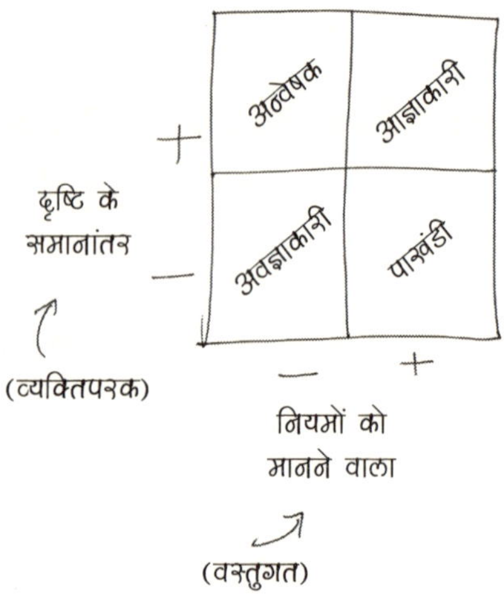

मोहित ने बहुत बड़ा जोखिम लिया था। कम्पनी की सभी नीतियों की अवहेलना कर उन्होंने अपनी टीम से कहा कि वे आधिकारिक मध्यवर्तियों के माध्यम से होकर जाने के बजाय सीधे क्लायंट से बात करें। इससे बहुत हंगामा हुआ और मोहित को सीईओ के कार्यालय में बुलाया गया। वहाँ पर क्लायंट के साथ काम करने वाली टीम भी मोहित के दुस्साहस के सबूत लेकर मौजूद थी। मोहित ने आरोपों से इनकार नहीं किया। उन्होंने बस एक स्लाइड शो दिखाया, जिसमें नियम तोड़ने से पहले के और बाद के छह महीने के टर्नअराउंड टाइम यानी शिकायतें दर्ज होने व उनके दूर होने के बीच के अंतर को दिखाया। टर्नअराउंड टाइम अब कम हो गया था और ग्राहकों की शिकायतों में भी नाटकीय रूप से कमी आ गई थी। क्लायंट सर्विंग टीम के परे जाकर डिलीवरी टीम ने ऐसे मामलों को कम कर दिया था, जो आमतौर पर एक टीम से दूसरी टीम तक पहुँचने के दौरान अपने मायने खो देते थे, इससे फ़र्म की इक्विटी में सुधार आया था। अब क्लायंट फ़र्म पर अधिक विश्वास रखते थे। वहाँ पर मोहित कृष्ण थे, जो किसी द्वेष या उदासीनता के कारण नियमों को नहीं तोड़ रहे थे, बल्कि नियम तोड़ने से नुक़सान के बजाय लाभ अधिक हो रहा था। सीईओ सहमत हो गए और मोहित को उनके ढंग से काम करने की अनुमति मिल गई।

हम नियमों को क़ायम रखने वालों का सम्मान करते हैं

राम मर्यादा पुरुषोत्तम हैं, सामाजिक व्यवस्था को बनाए रखने वाले क़ानूनों के सर्वोच्च समर्थक हैं। वे विष्णु के एकमात्र ऐसे स्वरूप हैं, जिनकी राजा के रूप में पूजा की जाती है। वे निजी प्रसन्नता का त्याग करके भी नियमों को बचाए रखते हैं।

नियम कहते हैं कि राजा को हमेशा अपने वचन का पालन करना चाहिए। जब दशरथ उन्हें कैकेयी की माँगों के बारे में बताते हैं, तो राम बिना कोई विरोध किए सीधे वनवास के लिए चल पड़ते हैं। यह आज्ञाकारी पुत्र का काम नहीं है; यह क़ानून के पाबंद राजकुमार का काम है, जो राजसी परिवार की अखंडता सुनिश्चित करने के लिए नियमों पर क़ायम रहता है।

नियम कहते हैं कि पुरुष को अपनी पत्नी के प्रति हमेशा निष्ठावान रहना चाहिए। सीता से अलग होने के बाद राम कभी किसी दूसरी महिला की ओर नहीं देखते और ना ही दूसरा विवाह करते हैं। यह भी नियमों की मर्यादा बनाए रखने का कृत्य है, ना कि प्रेमवश किया गया कार्य। राम नियम नहीं बनाते - वे उनका अनुसरण करते हैं। वे अत्यधिक आज्ञाकारी हैं। वे जिस राज्य के पालक हैं, उसका वर्णन एक ऐसी दुनिया के रूप में किया जाता है, जिसमें कुछ भी अप्रत्याशित नहीं है और सबकुछ व्यवस्थित है।

अहमदाबाद में ब्रांच ऑफ़िस खुलने पर सुनील इस बात को लेकर स्पष्ट हैं कि वे आलोक को उस शाखा के प्रमुख के रूप में चाहते हैं। आलोक सीधे-सरल और विश्वसनीय हैं। वे सतर्कता से सभी नियमों का पालन करेंगे और सुनिश्चित करेंगे कि सभी प्रक्रियाएँ लागू हों और उनका पालन हो। वे आज्ञाकारिता की संस्कृति की रचना करेंगे। ब्रांच ऑफ़िस प्राथमिक तौर पर एक डिलीवरी सेंटर है और क्लायंट फ़ेसिंग

विभाग नहीं है। सुनील को किसी राम की तलाश है, जो एक पूर्वानुमेय और नियंत्रण योग्य वातावरण तैयार कर सके। उस काम के लिए आलोक सबसे अधिक उपयुक्त हैं।

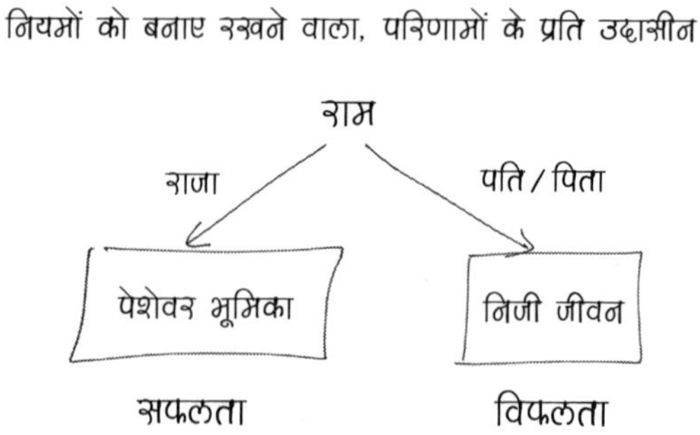

नियमों को हमारा मूल्य निर्धारित करने की आवश्यकता नहीं

रामायण में सीता दो बार वनवास के लिए जाती हैं। पहली बार, वह स्वैच्छिक होता है; वे एक आज्ञाकारी पत्नी की तरह राम का अनुसरण करती हैं। दूसरी बार वह अनैच्छिक होता है; उनकी प्रतिष्ठा को लेकर गलियों में होने वाली बातचीत के बाद राम के कहने पर उन्हें वन में छोड़ दिया जाता है। राम सीता को नहीं देखते। उनकी दृष्टि केवल नियमों पर होती है।

इसके बावजूद सीता कभी राम से कोई द्वेष नहीं रखतीं। उन्हें वन में छोड़ दिया गया है और वे अकेली हैं, वे जानती हैं कि राजा के रूप में उनकी भूमिका ने उन्हें ऐसा कठोर क़दम उठाने को विवश किया है। वे जानती हैं कि ऐसा क्यों हुआ है, नियमों को लेकर उनकी प्रतिबद्धता, राजसी कुल के वंशज होने के नाते उनका कर्त्तव्य और लोगों के प्रति उत्तरदायित्व इसका कारण हैं। जहाँ वे उनके निर्णयों के परिणामों को जानती हैं, वहीं वे यह भी जानती हैं कि वे हमेशा उनके प्रति सच्चे रहेंगे। जब उनके बेटे बड़े हो जाते हैं, तो वे उन्हें उनके पिता के पास भेज देती हैं। राम सीता को वापस आने को कहते हैं, लेकिन वे मना कर देती हैं। वन की वासी होने के कारण वे नगर के नियमों से नहीं बँधी हैं। वे अपनी माँ भूदेवी से उन्हें वापस लेने का निवेदन करती हैं। धरती फट जाती है और सीता उसमें समा जाती हैं।

सीता को अब सामाजिक नियमों से मिलने वाली दुर्गा की आवश्यकता नहीं रहती। उनके भीतर इतनी शक्ति है कि वे उनके बिना रह सकती हैं। उन्हें सामाजिक शरीर की आवश्यकता नहीं है; उन्हें पत्नी या रानी बने रहने की आवश्यकता नहीं रहती। उनके मानसिक शरीर को बाहरी अनुमोदन की कोई ज़रूरत नहीं रहती।

प्रथमेश पर यौन दुर्व्यवहार का आरोप लगाया गया और जाँच चलने तक उन्हें कम्पनी छोड़ने को कहा गया। उनके वहाँ रहने से कम्पनी की छवि पर नकारात्मक प्रभाव पड़ सकता था। उसके कारण ऐसे मामलों पर कम्पनी के नैतिक दृष्टिकोण का पता चलता था। प्रथमेश बहुत गुस्से में थे। वे जानते थे कि बंद दरवाज़े के पीछे जो कुछ हुआ, उसे साबित करना नामुमकिन था। उस महिला के ख़िलाफ़ उनकी बात का मामला था, जिसने उन पर आरोप लगाया था। उनकी अंतरात्मा साफ़ थी, लेकिन उस दिन की घटना बार-बार उनके सामने आ रही थी : क्या उन्होंने ऐसा कुछ कहा या किया था, जिसे ग़लत समझा जा सकता था? तीन महीने के बाद प्रथमेश को फिर से काम पर आने को कहा गया। उनके ख़िलाफ़ सबूत पर्याप्त नहीं थे। वह सांस्कृतिक ग़लतफ़हमी का मामला था। प्रथमेश ने प्रस्ताव को ठुकरा दिया। वे जान गए थे कि ज़िंदगी में कम्पनी द्वारा दी गई संपत्ति व विशेषाधिकार के अलावा भी बहुत कुछ है।

स्थायित्व

प्रकृति बदलती रही है। बाज़ार बदल रहे हैं। मानव आवश्यकताएँ बदल रही हैं। नए उपकरण व प्रौद्योगिकियाँ उभर रही हैं और पुरानी लुप्त हो रही हैं। कुछ लोग स्थायित्व, निश्चितता और स्थिति का पूर्वानुमान किए जाने की इच्छा रखते हैं : यथास्थिति। कुछ परिवर्तन, क्रांति व रूपांतरण चाहते हैं : अपने दर्जे में बदलाव। स्थिरता के साथ शांति, एकरसता और गतिहीनता आती है। परिवर्तन के साथ तनाव, उत्तेजना और वृद्धि का आगमन होता है।

विश्व के बदलने पर हमारा सामाजिक शरीर मर जाता है

मार्कंडेय को अमरता का वरदान प्राप्त है, फिर भी उन्हें बहुत डर लगता है। एक दिन वे वर्षा होते, महासागरों के जलस्तर को बढ़ते देखते हैं और देखते हैं कि सारा संसार उसमें डूब गया है। सभी पर्वत, महाद्वीप व उनका परिचित हर इंसान, वे जिस भी गाँव व नगर में गए थे, सबकुछ डूब गया है। आकाश से सूर्य व चंद्रमा लुप्त हो जाते हैं, उनके साथ सभी तारे व बादल भी ग़ायब हो जाते हैं। मार्कंडेय स्वयं को असीम जल के बीचोंबीच पाते हैं। शून्यता के बीच वे बिल्कुल अकेले होते हैं, उन्हें डर महसूस होता है। उन्हें देखने व उनके नाम से पुकारने वाला कोई नहीं बचता। दुनिया नहीं हो, तो वे कौन हैं? उनकी कोई पहचान नहीं है। यहाँ तक कि क्या उनका अस्तित्व है?

जब इस प्रकार के विचार उनके मस्तिष्क में आते हैं, तो उन्हें लहरों पर एक बरगद का पत्ता तैरता दिखाई देता है। उस पत्ते पर एक बच्चा बैठा है और वह अपने पैर के अँगूठे को चूस रहा होता है। बच्चा साँस लेता है और मार्कंडेय स्वयं को उसके बच्चे के शरीर के भीतर पाते हैं। अंदर उन्हें समूचा ब्रह्मांड दिखाई देता है - आकाश, पृथ्वी व पाताल। उन्हें देवता, असुर, यक्ष, राक्षस, नाग व मानव दिखाई देते हैं, जिनमें से कुछ उन्हें पहचान लेते हैं और उन्हें उनके नाम से पुकारते हैं। मार्कंडेय सुरक्षित महसूस करते हैं, उनकी पहचान व महत्त्व फिर से उन्हें मिल जाते हैं। पहले जो भी भय उन्हें था, वह अब जैसे ग़ायब हो जाता है और यह सब उस छोटे से बच्चे के हस्तक्षेप के कारण होता है, जो कोई और नहीं, बल्कि विष्णु हैं। फिर वह बच्चा मार्कंडेय को अपने शरीर से बाहर निकाल देता है। वे वापस जल में, शून्यता में लौट आते हैं और उसके साथ ही उनके भय भी वापस आ जाते हैं।

मार्कंडेय का भौतिक शरीर भले अमर हो, लेकिन जब उनके आसपास की दुनिया नष्ट हो जाती है, तो उनका सामाजिक शरीर भी मर जाता है।

उनके सभी रिश्ते-नाते, उपाधियाँ, दर्जा सब समाप्त हो जाते हैं। वे किसी अनुक्रम से नहीं जुड़े होते; वे कोई नहीं हैं। यही वजह है कि हम अपने आसपास की सामाजिक संरचनाओं से लिपटे रहते हैं : अनुक्रम, किसी संगठन के नियम हमें हमारी पहचान व सार्थकता देते हैं। संस्कृति का अस्तित्व इसलिए है कि वह इंसानों को सुरक्षित महसूस करवाए। इसी कारण समाज में होने वाला कोई भी बदलाव हमें डराता है।

हमारी सामाजिक संरचनाएँ संगठन पर निर्भर करती हैं। संगठन उद्योग पर निर्भर करता है और संगठन बाज़ार पर निर्भर करता है। बाज़ार की निर्भरता समाज पर होती है और समाज पर्यावरण पर आश्रित होता है। ये सभी बदलाव के प्रति असंवेदनशील होते हैं और इसलिए हमारे भौतिक, सामाजिक व मानसिक शरीर के लिए लगातार ख़तरा बने रहते हैं। हम केवल उसी बदलाव के प्रति सहज होते हैं, जो हमारे सामाजिक शरीर का पोषण करता है और हमारी मानसिक छवि को फिर से सुदृढ़ करता है। हमारे सामाजिक अस्तित्व पर सतत मँडराता हुआ यह संकट तनाव का शाश्वत स्रोत है।

दस वर्ष तक रूपेन ने आभूषण फ़ैक्टरी के अकाउंट्स सँभालने का काम किया। वे अपना काम अच्छी तरह करते थे और उन्हें अपनी दिनचर्या पसंद थी। सबकुछ परिचित व व्यवस्थित था। उनके बॉस मोटवानी उन्हें पसंद करते थे और उनका काम भी निश्चित था। मोटवानी की मृत्यु के बाद उनकी पत्नी ने कारोबार को नहीं सँभाल पाने के कारण उसे विशाल समूह को बेच दिया। अचानक रूपेन के जीवन से सारी निश्चितता ग़ायब हो जाती है। अब उन्हें बॉस को रिपोर्ट करना होता है और उन्हें पुराने तरीक़े से काम करने वाले अकाउंटेंट के रूप में देखा जाने लगता है, जो नई सोच में फ़िट नहीं होते हैं। एक संस्कृति के अंत और दूसरी के उदय के साथ सामाजिक शरीर को मरना होगा और फिर से जन्म लेना होगा, नई संरचना में स्वयं को नई स्थिति में लाना होगा।

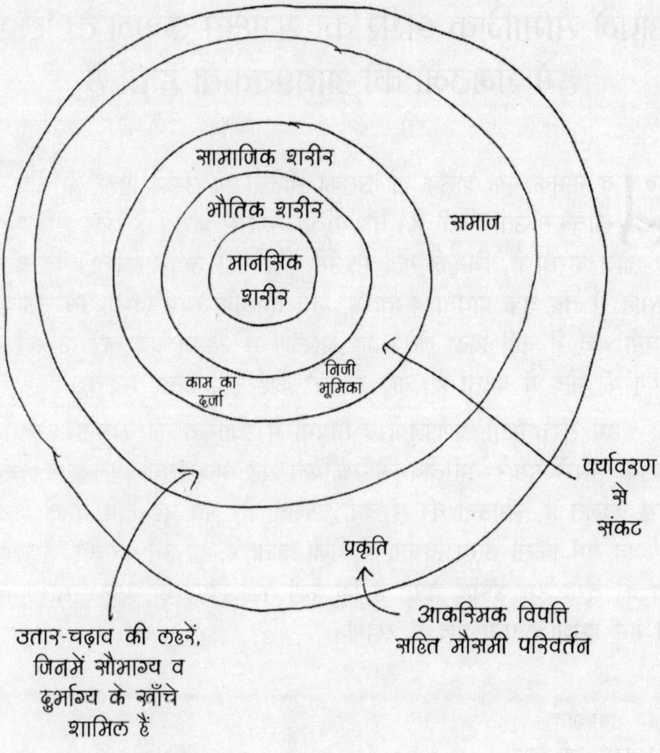

सामाजिक शरीर
भौतिक शरीर
मानसिक शरीर
समाज
काम का दर्जा
निजी भूमिका
पर्यावरण से संकट
प्रकृति
आकस्मिक विपत्ति सहित मौसमी परिवर्तन
उतार-चढ़ाव की लहरें, जिनमें सौभाग्य व दुर्भाग्य के खाँचे शामिल हैं

अपने सामाजिक शरीर को सुरक्षित बनाने के लिए हमें संगठनों की आवश्यकता होती है

ध्रुव नामक एक बालक को उसकी सौतेली माँ उसके पिता की गोद से खींचकर उतार देती है। वह वंचित महसूस करता है और ऐसे पिता की खोज करता है, जिनकी गोद से उसे कोई नहीं उतार सकता। वह बहुत उत्साह से तब तक प्रार्थना करता है, जब तक कि स्वयं विष्णु उसे उठाकर अपनी गोद में नहीं बिठा लेते। वह आकाश में अडिग ध्रुव तारे के रूप में विष्णु की गोद में बैठता है। वहाँ से उसे कोई नहीं उतार सकता।

हम संरचनाओं, प्रणालियों व नियमों में स्थायित्व की कामना करते हैं, क्योंकि उससे हमारे अस्तित्व के स्थायित्व का आश्वासन मिलता है। जब बॉस बदलते हैं, संगठनों की संरचना बदलती है, जब नई टीमें बनाई जाती हैं, जब हमें किसी अन्य विभाग में भेजा जाता है, तो हमें डर घेर लेता है। ध्रुव की तरह हम उम्मीद करते हैं कि कहीं कोई विष्णु हो, एक ऐसा जनक जो हमें हमेशा अपनी गोद में रखेगा।

मुझे किसी को अपनी गोद से मत उतारने दीजिएगा

मध्यकाल में मुग़लों व मराठों के बीच कई युद्ध लड़े गए, इसके बावजूद दोनों एक बात पर सहमत थे : राजा की भूमिका। मुग़लों के अनुसार राजा जहाँपनाह यानी दुनिया की पनाह था; मराठों के लिए वह छत्रपति यानी

समस्याओं से बचाने वाले छत्र को धारण करने वाला था। राजा को किसी ऐसे व्यक्ति के रूप में देखा गया, जो ना केवल शारीरिक सुरक्षा प्रदान करता है, बल्कि सामाजिक सुरक्षा भी, जो हमें हमारी सार्थकता का आश्वासन देता है।

लोग अक्सर अपने बॉसेज़ या संगठन के प्रति वफ़ादार होते हैं, क्योंकि इससे उनकी आजीविका व सामाजिक दर्जे की गारंटी मिलती है। कई लोग इसे न्यायोचित सौदे, एक सामाजिक समझौते की तरह देखते हैं। कुछ लोगों का मानना है कि नेता को किसी बिल्ली की तरह सक्रिय तौर पर सुरक्षा देनी चाहिए, जो अपने बच्चों को गर्दन से पकड़कर ले जाती है। कुछ अन्य की मान्यता है कि नेता को निष्क्रिय तौर पर सुरक्षा देनी चाहिए, जैसे शिशु वानर सुरक्षा के लिए अपनी माँ से चिपके रहते हैं।

इसमें यह मान्यता अंतर्निहित है कि हम पराश्रित हैं और ज़रूरी नहीं है कि हम विश्वसनीय हों। अधिकतर देवता ध्रुव बने रहना चाहते हैं, बहुत कम हैं जो अन्य के लिए विकसित होकर विष्णु बनना चाहते हैं। हम वर्ण की सीढ़ी पर आगे नहीं बढ़ना नहीं चाहते। हम यजमान बनने के बजाय कार्यकर्ता बने रहने में सहज महसूस करते हैं।

ज़िंदगी भर सुधा अपने भाई साई की तरह एक स्थायी नौकरी चाहती थी, जो सरकारी नौकरी में थे, लेकिन ऐसा कभी नहीं हुआ। पहले जिस कम्पनी में वे काम करती थीं, वह बंद हो गई। दूसरी कम्पनी ने तीन बार अपने दफ़्तर की जगह बदली। फिर उनके बॉस बदल गए, उसके बाद कम्पनी में अन्य बदलाव आए और दो साल की अवधि में उन्हें कई तरह की भूमिकाओं में काम करना पड़ा। वे कभी आराम से नहीं बैठीं, उन्हें कभी स्थायित्व का या व्यवस्थित होने का बोध नहीं हुआ। जब उन्होंने अपने भाई को यह बात बताई और उन्हें कहा कि वे कितने क़िस्मतवाले हैं, तो उनके भाई ने आह भरकर कहा, "नहीं, ऐसा नहीं है। पिछले दस साल से तीन शहरों में मेरी बदली हो चुकी है और अब अगले स्थानांतरण से बचने के लिए मुझे अपना पूरा ज़ोर लगाना होगा।" दोनों भाई-बहन ध्रुव की तरह हैं, जिन्हें एक ऐसी गोद चाहिए, जिससे उन्हें कोई नहीं उतार सके।

किसी भी नई चीज़ का हम प्रतिरोध करते हैं

यह कथा उड़िया महाभारत से है। एक दिन अर्जुन को वन में एक अजीब सा प्राणी दिखाई देता है, जैसा उन्होंने पहले कभी नहीं देखा। पहले अर्जुन को लगता है कि वह कोई राक्षस है और वे उसे मारने के लिए अपना धनुष उठाते हैं। अचानक उन्हें इंसान जैसा हाथ दिखाई देता है और उन्हें लगता है कि वह प्राणी उतना अपरिचित नहीं है, जितना कि उन्होंने समझा था। ध्यान से देखने पर उन्हें नवगुंजार नामक प्राणी दिखाई देता है, जिसका सिर मुर्गे का, गर्दन मोर की, बैल जैसी पीठ, सिंह जैसी कमर, साँप जैसी पूँछ और इंसान, हिरन, बाघ व हाथी जैसे हाथ-पैर होते हैं। उसका हर हिस्सा परिचित होता है, लेकिन सम्पूर्ण रूप में वह परिचित नहीं लगता। अर्जुन ने यह क्यों मान लिया कि वह प्राणी कोई राक्षस है, केवल इसलिए कि उससे कभी उनका सामना नहीं हुआ था?

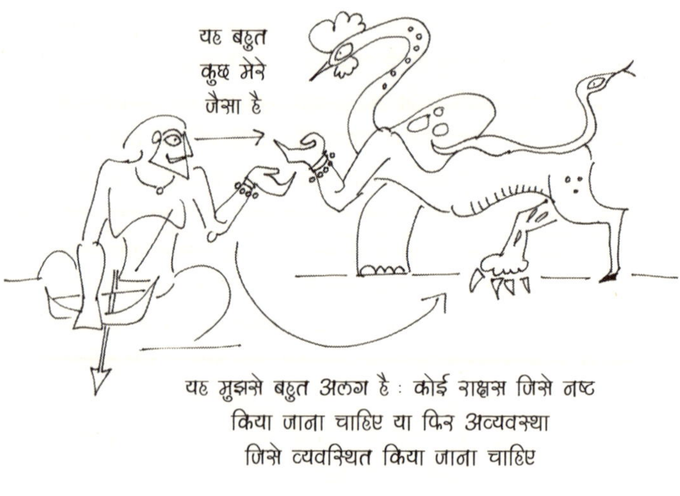

अक्सर हम शिकारियों व प्रतिद्वंद्वियों से भरी दुनिया को देखते हैं, जो हमारे कारोबार व हमारे लिए ख़तरा होते हैं। हम अव्यवस्थित व अनैतिक कहकर अपरिचित बाज़ारों की भर्त्सना करते हैं। हम अपरिचित को समझने के बजाय उस पर प्रभुत्व रखना चाहते हैं, उसे अपने अनुकूल बनाना चाहते हैं या फिर उसे नष्ट करना चाहते हैं। हम मान लेते हैं कि जो कुछ हम जानते हैं, वह वस्तुनिष्ठ सत्य है और बाक़ी सब कुछ ख़तरा है। इसके बावजूद यह अपरिचित ही है, जो हमें बढ़ने के अवसर देता है। हमें अपरिचित में से परिचित की खोज करने की ज़रूरत है, ताकि हम नए को अपना सकें। नियंत्रण चाहने के बजाय यह महत्त्वपूर्ण है कि हम अनजाने को शामिल करें व उसे समाहित करें।

जब क्रिस्टोफ़र पहली बार मुंबई आए, तो वे डरे हुए थे। सड़कें ख़राब हालत में थीं, हर तरफ़ ट्रैफ़िक था, हर जगह लोग थे, हर कोने पर झोपड़पट्टी थी, सब तरफ़ निर्माण कार्य चल रहा था; यह सब उनके देश से काफ़ी अलग था जहाँ सड़क पर बहुत कम लोग हुआ करते थे, सड़कें बहुत व्यवस्थित थीं, हर कोई गाड़ी चलाता था और ग़रीबी तो लगभग ना के बराबर थी। क्रिस्टोफ़र को मुंबई उस राक्षस की तरह लगी, जिसे या तो मारा जाना था या पालतू बनाया जाना था, लेकिन फिर उन्होंने गौर किया कि जिन लोगों से उनका सामना होता था, वे उनके देश के लोगों से बिल्कुल अलग नहीं थे, कुछ दयालु थे और कुछ जटिल थे। वे बहस करते, तोलमोल करते और हल सुझाते थे। मुंबई में उन्हें अपनी कम्पनी के लिए एक बाज़ार मिल गया था, जिसकी बहुत ज़्यादा ज़रूरत थी। यह अलग था। इसे अलग होना ही था। इस अंतर में नए विचार, नई सोच और नई चुनौतियाँ निहित थीं। धीरे-धीरे भय दूर हो गया। नवगुंजार से डरने की ज़रूरत नहीं थी, उसे सराहने व समझे जाने की ज़रूरत थी।

हम परिवर्तन को नियंत्रित करना चाहते हैं

कथासरित्सागर में विक्रमादित्य हमेशा-हमेशा के लिए शासन करने की आशा रखते हैं, इसलिए वे वरदान माँगते हैं कि उनकी मृत्यु किसी ऐसे बच्चे के हाथों हो, जिसकी माँ केवल ढाई साल की हो। असंभव संभव हो जाता है। एक दिन विक्रमादित्य का सामना शालिवाहन से होता है, जिसकी माँ उससे केवल ढाई साल बड़ी होती है। शालिवाहन के पिता साँपों के राजा वासुकि हैं। द्वंद्वयुद्ध में विक्रमादित्य मारे जाते हैं और उनका शानदार शासन समाप्त हो जाता है।

हिंदू पौराणिक कथाओं में ऐसी कहानियों की भरमार है, जिनमें असंभव संभव हो जाता है। असुर ऐसे वरदान माँगते हैं, जिनके कारण उन्हें मारना लगभग असंभव हो जाता है, फिर भी किसी को उनकी कोई न कोई कमज़ोरी मिल जाती है और वे मारे जाते हैं।

हम संरचनाओं, प्रणालियों और नियमों की रचना करते हैं, जिनकी सम्पूर्णता को लेकर हम आश्वस्त होते हैं और हमें लगता है कि वे हमेशा रहेंगे, लेकिन ऐसा कभी नहीं होता। अंततः अपरिहार्य रूप से उनका पतन होता है। संस्कृति प्रकृति के सामने नहीं ठहर सकती।

बौद्ध धर्म में विश्व को अस्थायी कहा गया है। हिंदुओं ने समय को चक्रीय रूप में देखा, एक कल्प चार युगों से बना होता है, बचपन (कृत), युवावस्था (त्रेता), परिपक्वता (द्वापर) व मृत्यु (प्रलय) से पहले वृद्धावस्था (कलि) और फिर पुनर्जन्म। इसके बावजूद इंद्र अमृत की लालसा रखते हैं और अमरत्व की इच्छा रखने वाले असुर तपस्या करते हैं।

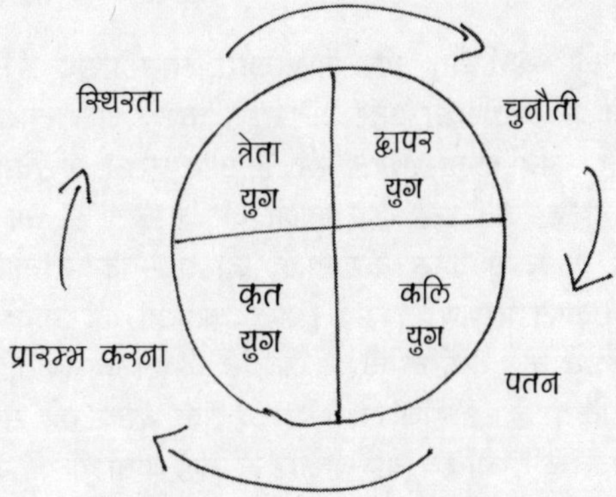

संगठन बार-बार विभिन्न चक्रों व नवीनीकरण से गुज़रते हैं। बाज़ार की स्थितियों में बदलाव, नए बॉस, लक्ष्य, विलय, अधिग्रहण आदि लगातार होते रहते हैं और हमारे पास की चीज़ों को बदल देते हैं। बदलाव ऊपर की ओर (बॉस, निवेशक, नियामक) या नीचे की ओर (कर्मचारी, ग्राहक) होता है। परिवर्तन केंद्रीय (रणनीति) या परिधीय (बाज़ार की स्थितियाँ) हो सकता है। ऊबकर या इच्छा के कारण हम स्वयं भी बदल सकते हैं। फिर भी सभी आशा करते हैं कि उनकी स्थिति विक्रमादित्य की तरह सुरक्षित हो, जो शालिवाहन के अचानक आने से बिगड़ जाती है।

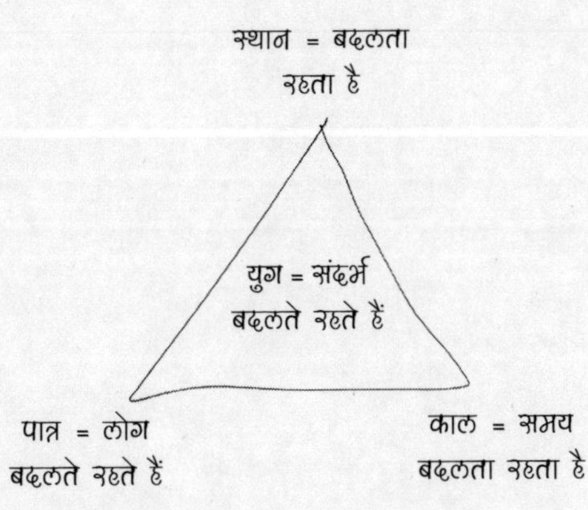

शेखर को व्यवस्थित और आज्ञाकारी लोग पसंद हैं। उनके संगठन में व्यवस्थित और अनुसरण करने वाले लोग आगे बढ़ते हैं। अब बाज़ार बदल रहा है और पुराने परिचित लोग बाहर हो रहे हैं। उन्हें ऐसे लोगों की ज़रूरत है, जो किसी स्वरूप के बिना काम कर सकें, जो बढ़-चढ़कर काम करें और तत्काल निर्णय ले सकें। उन्हें कर्ताओं की आवश्यकता है। लेकिन कई वर्षों के दौरान उन्होंने केवल कार्यकर्ताओं को तैयार किया है। उन्होंने लम्बे समय तक शेखर की सफलता सुनिश्चित की, लेकिन नए बाज़ार में उन्हें कर्ताओं की ज़रूरत है और उनके आसपास ऐसा कोई नहीं है।

असुरक्षा हमें खलनायक बना देती है

भागवत पुराण में भविष्यवाणी होती है कि कंस की बहन की आठवीं संतान उनकी मृत्यु के लिए उत्तरदायी होगी। अतैव नियति को चुनौती देने की आशा में कंस अपनी बहन के सभी बच्चों को जन्म लेते ही मार देते हैं। रामायण में जैसे-जैसे राम की सेना लंका पहुँचती है, रावण अधिक असहिष्णु और उग्र हो जाते हैं। जब उनके भाई विभीषण लंका को बचाने के लिए सीता को छोड़ देने की विनती करते हैं, तो रावण इस बात को अपनी मानसिक छवि पर आक्रमण के रूप में देखते हैं और विभीषण को लंका से बाहर निकाल देते हैं। दूसरी ओर, रावण कुम्भकर्ण पर अधिक आश्रित होने लगते हैं, जो उनकी मानसिक छवि को चुनौती नहीं देते और उनके साथ सहमत होते हैं।

महाभारत में दुर्योधन भीम को विष देने का प्रयास करते हैं और उस महल को आग लगवा देते हैं, जिसमें पांडव सो रहे होते हैं। दुर्योधन का मानना है कि पांडवों के मर जाने से हस्तिनापुर के सिंहासन पर उनका दावा सुरक्षित हो जाएगा। वे राजा बनना चाहते हैं। उन्हें उस सामाजिक शरीर की आवश्यकता होती है और वे उन लोगों को नष्ट करने के लिए किसी भी सीमा तक जा सकते हैं, जो उनके लिए ख़तरा बन सकते हैं। कंस अपने भौतिक शरीर के लिए भयभीत हैं, रावण अपने मानसिक शरीर के लिए और दुर्योधन अपने सामाजिक शरीर को लेकर डरे हुए हैं। उनकी अपनी दृष्टि में वे पीड़ित हैं, जो अपने अस्तित्व के लिए लड़ रहे हैं। कोई भी यह स्वीकार नहीं करता कि मृत्यु अपरिहार्य है।

यहाँ मृत्यु परिवर्तन का एक प्रतीक है। हम अपरिहार्य को स्वीकार नहीं करना चाहते - एक दिन हमारा स्थान कोई और ले लेगा। हम यह सुनिश्चित करने में लगे रहते हैं कि हमारा कोई प्रतिद्वंद्वी नहीं या फिर हमारे अस्तित्व के लिए कोई संकट नहीं है। हम संरचनाओं व प्रणालियों की रचना करते हैं, जो हमारी भूमिकाओं को सुरक्षित करती हैं और इस प्रकार हमारी आत्मछवि को भी। लेकिन स्वयं को सुरक्षित करने की प्रक्रिया में हम अन्य लोगों को चोट पहुँचाते हैं। हम खलनायक बन जाते हैं।

राकेश स्वयं को बहुत स्मार्ट समझते हैं। वे बाक़ी लोगों की तुलना में बेहतर ढंग से कम्प्यूटिंग कर सकते हैं और किसी अन्य की तुलना में चीज़ों को बेहतर तरीक़े से व्यवस्थित कर सकते हैं। यदि कोई उनके तरीक़े को चुनौती देता है, तो वे गुस्से में आ जाते हैं। वे आलोचना पसंद नहीं करते, वे उसे विरोध और चुनौती के तौर पर देखते हैं। स्मार्ट लोग उनकी टीम छोड़ देते हैं या फिर वहाँ बैठे–बैठे उनकी बातों पर क्रुद्ध होते रहते हैं, उन्हें बेवकूफ़ाना ग़लतियाँ करने देते हैं, क्योंकि वे जानते हैं कि राकेश किसी की बात नहीं सुनेंगे। राकेश धौंस जमाने वाले व्यक्ति हैं, उन्हें आक्रामक व प्रभुत्वशाली होने की ज़रूरत है, क्योंकि उससे वे बलपूर्वक लोगों से दुर्गा ले सकते हैं और अपने अपर्याप्तता के बोध को पूरा कर सकते हैं। ऐसा करके वे सभी रिश्तों को नष्ट कर देते हैं। वे अकेले रह जाते हैं और अतिसंवेदनशील हो जाते हैं, उनके पास सहायता करने के लिए तब कोई नहीं रह जाता, जब उन्हें उसकी आवश्यकता होती है।

हमारा स्थायित्व अन्य लोगों की वृद्धि को रोकता है

जब मगध के राजा जरासंध को पता चलता है कि कृष्ण ने उनके दामाद और मथुरा के एकाधिपति कंस को मार डाला है और मथुरा के लोग कंस के मारे जाने पर उत्सव मना रहे हैं, तो वे क्रोधित हो जाते हैं। वे अपनी सेना को कृष्ण को मारने और मथुरा को जलाने का आदेश देते हैं। कृष्ण और मथुरा के लोगों को सुदूर द्वारका द्वीप में शरण लेनी पड़ती है।

कई वर्ष बाद जब पांडवों ने कृष्ण की सहायता से जब इंद्रप्रस्थ नगर बनाया, तो सबसे बड़े पांडव भाई युधिष्ठिर सम्राट बनने की अपनी इच्छा व्यक्त करते हैं, तो कृष्ण कहते हैं, "जरासंध के जीवित रहने तक ऐसा सम्भव नहीं है। जरासंध ने सभी राजाओं को अपने अधीन कर लिया है। जब तक वे सभी राजा मुक्त नहीं हो जाते, जब तक वे आपके राज्याभिषेक में आने के लिए स्वतंत्र नहीं हो जाते और आपकी प्रभुसत्ता को मान्यता नहीं देते, तब तक आप सम्राट नहीं बन सकते।"

जरासंध चक्रवर्ती हैं, वे दृष्टि की परिधि में आने वाली सारी भूमि के सम्राट हैं। जैन वृत्तांतों में वे प्रति-वसुदेव हैं, वासुदेव (कृष्ण) और उनके शांतिवादी भाई बलदेव के शत्रु। जरासंध का नियंत्रण व प्रणालियाँ अन्य राजाओं को फलने-फूलने नहीं देती। उन्होंने स्थायित्व व व्यवस्था भले स्थापित कर ली हो, लेकिन स्थिरता और व्यवस्था उनके काम आती है, ना कि कृष्ण या पांडवों के। स्वाभाविक है कि वासुदेव चक्रवर्ती को प्रति-वसुदेव मानते हैं।

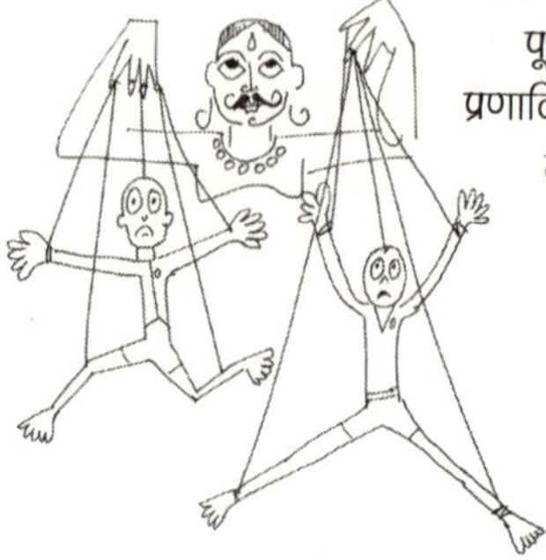

हम समझ भी नहीं पाते और हमारी संरचनाएँ अभिनव प्रयोगों में काट-छाँट कर देती हैं। आविष्कारकों को संस्थान नापसंद होते हैं और इसके बावजूद न्याय व समता के सिद्धांतों पर संस्थान बनाए जाते हैं। एक समान दुनिया में कोई भी विशेष नहीं हो सकता। हालाँकि अभिनव प्रयोग करने वाला स्वयं को अन्य से अलग समझता है। उसके अलग दृष्टिकोण से नए विचार व आविष्कार आते हैं, जो पुरानी चीज़ों की व्यवस्था को बदल देंगे।

हम आविष्कारक को विद्रोही समझते हैं, क्योंकि वह सत्ता के साथ नहीं होता। हम उसे ईश्वर का दूत कहते हैं, क्योंकि वह सत्ता को चुनौती देता है। लेकिन अंततः हर आविष्कारक चक्रवर्ती बन जाता है और अपने नियमों को संस्थागत कर देता है। उसके साथ ही वह प्रति-वसुदेव या युवा उद्यमियों व अन्य आविष्कारकों का शत्रु बन जाता है।

रेवंत को लाइसेंस राज का ज़माना पसंद था, जब सरकार से कारोबार की आश्वस्ति मिल जाती थी। अब उदारीकरण के साथ उन्हें हर साल टेंडर देने होते हैं, अफ़सरों से निपटना पड़ता है और हर बार अपनी क्षमता को साबित करना पड़ता है, क्योंकि अफ़सर बदलते रहते हैं। लोगों का कहना है कि प्रतियोगितात्मक वातावरण देश के लिए अच्छा है, लेकिन क्या उनके द्वारा दी गई सेवाएँ अच्छी क्वालिटी की नहीं थीं? रेवंत यह नहीं समझ पाते कि पुरानी प्रणाली की वजह से कई प्रतिभाशाली कारोबारियों को बढ़ने के अवसर नहीं मिल सके।

इस कारण वे रेवंत जैसे लोगों के प्रति नाराज़गी रखते थे, जिनके परिवारों को ब्रिटिश शासन से लाभ पहुँचा था और बाद में समाजवादी सरकारों से भी। रेवंत स्वयं को किसी चक्रवर्ती की तरह देखते थे, जो अपने आसपास व्यवस्था व स्थायित्व का सृजन करते थे। लेकिन बिल्वमंगल जैसे महत्त्वाकांक्षी लोग उन्हें पारम्परिक रूप से धनी व्यक्ति के रूप में देखते थे, जो नए धनी लोगों को पसंद नहीं करते : प्रति-वसुदेव, जो अपनी शक्ति का इस्तेमाल कर ऐसे नियम बनाते हैं, जो बाक़ी लोगों को आगे बढ़ने से रोकते हैं।

हम स्वयं को बदलने के बजाय दुनिया को बदलना चाहते हैं

शिशुपाल विकृत शरीर के साथ पैदा हुए थे और उनके अतिरिक्त हाथ-पैर व आँखें थीं। देववाणी हुई कि वे उस दिन सामान्य हो जाएँगे, जिस दिन वह व्यक्ति उन्हें उठाएगा, जिसके हाथों उनकी मृत्यु लिखी है। वे थे, कृष्ण। शिशुपाल की माँ ने कृष्ण से अपने पुत्र के सौ अपराधों को क्षमा करने को कहा। कृष्ण ने उन्हें ऐसा करने का वचन दिया।

युधिष्ठिर के राज्याभिषेक के अवसर पर शिशुपाल ने कई बार कृष्ण का अपमान किया। कृष्ण ने कुछ भी नहीं कहा और उन्हें क्षमा करते चले गए, लेकिन अंततः सौंवी बार अपमान करने के बाद कृष्ण पर शिशुपाल को क्षमा करने का कोई बंधन नहीं रहा। उन्होंने अपना सुदर्शन चक्र चलाकर शिशुपाल को मार दिया।

जहाँ शिशुपाल की माँ को कृष्ण से यह आश्वस्ति मिली थी, वहीं उन्होंने एक बार भी अपने बेटे से यह नहीं कहा कि वे कृष्ण के साथ कोई अशिष्टता नहीं करें। शिशुपाल की माँ को कृष्ण से दुर्गा तो मिली, लेकिन उन्होंने अपने बेटे के भीतर मौजूद शक्ति का आवाहन नहीं किया। वे सुरक्षा के लिए बाहरी शक्तियों पर आश्रित हैं और उन्हें आंतरिक शक्ति पर कोई विश्वास नहीं है। आंतरिक शक्ति को जगाने का बोझ बहुत बड़ा है। उसके लिए बहुत प्रयास की आवश्यकता होती है। इंद्र की तरह शिशुपाल की माँ संकट के समय स्वयं को बचाने के लिए बाहरी हस्तक्षेप की इच्छा रखती हैं।

पुराण में इंद्र कभी नहीं मरते। संकटों के आने और असुरों के बार-बार आक्रमण के बाद भी वे नहीं बदलते। वे अपने पिता ब्रह्मा से सहायता माँगते रहते हैं और ब्रह्मा सहायता के लिए विष्णु के पास जाते हैं। जब विष्णु समस्या सुलझा लेते हैं, तो इंद्र फिर अपने तरीक़ों पर उतर आते हैं। हम समस्याओं का समाधान चाहते हैं, लेकिन दिव्य-दृष्टि विकसित करने से मना कर देते हैं या फिर यह नहीं समझ पाते कि हम केवल वस्तुगत विश्व को बदलना चाहते हैं और इस बात को लेकर आश्वस्त हैं कि व्यक्तिपरक दुनिया को बेहतर बनाने की ज़रूरत नहीं है।

अतुल ने जब त्यागपत्र दिया और दूसरी कम्पनी में चले गए, तो डेरेक बहुत नाराज़ हुए। अतुल की निष्ठाहीनता और धोखाधड़ी की बात करके वे ख़ूब चीख़े-चिल्लाए। "हमें कभी पेशेवर लोगों को काम पर नहीं रखना चाहिए," उन्होंने अपने बेटे से कहा। गुस्से में आकर उन्होंने उन लोगों को अधिक शक्तियाँ दीं, जो उनके प्रति वफ़ादार थे, उन्हें यह बात समझ नहीं आई कि उनके इसी प्रकार के बर्ताव ने अतुल जैसे अत्यंत प्रतिभाशाली लोगों को उनसे दूर कर दिया। डेरेक की असुरक्षा का अर्थ था कि वे उनके प्रति निष्ठा प्रदर्शित नहीं करने वाले लोगों के प्रति संदेह रखते थे। वे स्वयं को सुरक्षित रखने के लिए सभी को बराबर भाव देते थे, उन्हें जो उनके प्रति निष्ठावान थे और उन्हें भी, जो प्रतिभाशाली थे। वे चाहते थे कि दुनिया उनके प्रति वफ़ादार रहे, लेकिन उन्होंने कभी कुछ ऐसा नहीं किया कि वे अतुल जैसे व्यक्तियों को प्रदर्शन करने के लिए ज़रूरी आज़ादी देकर उनमें निष्ठा जगा सकें। शिशुपाल की माँ की तरह वे भी मानते थे कि समस्या दुनिया के साथ है, उनके साथ नहीं।

संदर्भ बदलने पर हमें भी बदलना होता है

विष्णु एक साथ नश्वर हैं और अनश्वर भी। उनके हर अवतार को जन्म व मृत्यु से गुज़रना पड़ता है, फिर भी वे स्वयं नहीं मरते। अवतार हर युग के अनुसार ढलते हैं। जैसा युग होता है, वैसा ही अवतार होता है। हर अवतार के साथ उनके सामाजिक शरीर में परिवर्तन आता है। वे पहले एक प्राणी (मछली, कछुआ, वराह, नृसिंह) होते हैं और फिर मानव (पुरोहित, क्षत्रिय, राजकुमार, गोपाल, सारथी) अवतार लेते हैं।

जब हिरण्याक्ष पृथ्वी को खींचकर समुद्र के नीचे ले गया, तो विष्णु ने वराह अवतार लिया, पानी में जाकर उस असुर को मार डाला और पृथ्वी को अपनी थूथन पर रखकर उसे वापस उसके स्थान पर रख दिया। यह टकराव शारीरिक था।

हिरण्यकश्यपु एक अलग प्रकार का असुर था। उसे मिले वरदान के कारण वह लगभग अजेय था : उसे ना कोई मानव मार सकता और ना कोई पशु, उसे दिन में या रात को नहीं मारा जा सकता था, ना तो घर के अंदर या ना उसके बाहर उसे मारा जा सकता था, ना उसे भूमि पर ना उसके ऊपर मारा जा सकता था, उसे ना तो किसी हथियार से या किसी अन्य साधन से मारा जा सकता था। इस असुर का अंत करने के लिए विष्णु ने नृसिंह का अवतार लिया, एक ऐसा प्राणी जिसका शरीर आधे सिंह व आधे मानव का था, वह ना तो मानव था और ना ही सम्पूर्ण रूप से पशु। वह शाम के समय, जब ना तो दिन था, ना रात, हिरण्यकश्यपु को ना घर के अंदर, ना बाहर चौखट पर ले गया और उसे अपनी जाँघ पर रखा, जो ना तो भूमि पर थी व ना उसके ऊपर और अपने पैने नाख़ूनों से उसे चीर डाला, जो ना किसी प्रकार का कोई हथियार थे व ना ही औज़ार। यह जटिल प्रकार का टकराव बहुत बौद्धिक था, यह चातुर्य की लड़ाई थी।

फिर बलि आया, एक ऐसा असुर, जो इतना अच्छा व उदार था कि उसके शासन का विस्तार पाताल लोक से परे पृथ्वी व आकाश तक था। उसे उसकी जगह दिखाने के लिए विष्णु ने वामन अवतार लिया और तीन डग भूमि की माँग की। जैसे ही बलि ने वामन की बात मानी, उसका आकार विशाल हो गया, उसने दो डग में पृथ्वी व आकाश को नाप लिया और तीसरे डग में बलि को पाताल लोक में भेज दिया। यह युद्ध में विरोधी को हराने के बजाय स्वयं को रूपांतरण करना अधिक था।

विष्णु के इन अवतारों के अध्ययन से रणनीति में स्पष्ट रूप से परिवर्तन का संकेत मिलता है। वराह से लेकर नृसिंह व वामन अवतार तक यह बदलाव पाशविक शक्ति से लेकर बाहुबल की तुलना में बुद्धि का उपयोग और अंततः दूसरे को हराने के बजाय अपना विकास करने को दिखाता है। असुर लगातार जटिल होते जाते हैं - हिरण्याक्ष हिंसक है, हिरण्यकश्यपु धूर्त है और बलि अच्छा है, लेकिन पूरे परिदृश्य को देख पाने में असफल रहता है। हर असुर विष्णु को बदलने, ढलने व विकसित होने पर विवश करता है। इसका कोई एक मानक तरीक़ा नहीं है, हर तरीक़ा दूसरे के द्वारा निर्धारित संदर्भ के अनुसार विशिष्ट तौर पर तैयार किया जाता है। सभी कालों में विष्णु का ध्येय नहीं बदलता।

नरसी जानते थे कि कुछ समस्याएँ केवल शक्ति से ही सुलझ सकती थीं। इसलिए उन्होंने एक सुरक्षा कम्पनी की सेवाएँ लीं, जो शारीरिक शक्ति इस्तेमाल करने के लिए जानी जाती थी। उनके पास वकीलों की एक मज़बूत टीम भी थी, क्योंकि वे जानते थे कि सुस्पष्ट समझौतों और मुक़दमे के भय से कई समस्याओं की रोकथाम की जा सकती थी। जब उनके मार्केटिंग विभाग के प्रमुख ज़्यादा अक्खड़ हो गए, तो नरसी ने कारोबारी रिश्ते के अनुपातों को बदलने का फ़ैसला किया। उन्होंने अपने सभी व्यवसायों के मार्केटिंग ऑपरेशन्स के निरीक्षण के लिए एक वरिष्ठ ग्रुप मार्केटिंग प्रमुख की नियुक्ति की। अचानक मार्केटिंग प्रमुख को अपना दर्जा कम होता दिखा, पहले उन्हें छोटे से तालाब में बड़ी मछली जैसा

महसूस होता था, लेकिन अब उन्होंने पाया कि वे एक बड़े से तालाब की छोटी सी मछली बनकर रह गए थे। अब वे आगे बढ़कर काम नहीं करते थे और परेशानियाँ पैदा करते थे। कुछ लोगों का मानना है कि नरसी को मल्टिपल पर्सनैलिटी यानी बहुखंडित व्यक्तित्व की परेशानी है। कभी वे लोगों को सम्पूर्ण स्वतंत्रता देते हैं। कभी उनकी परियोजना के हर आयाम को नियंत्रित करते हैं। कभी वे रहमदिल और बात समझने वाले होते हैं। कभी वे चीख़ते-चिल्लाते हैं। नरसी ने अपने भतीजे विशाल से कहा कि वे स्थिति और सामने मौजूद व्यक्ति के अनुसार अपना प्रबंधन का तरीक़ा बदलते हैं। "कुछ स्थितियों में रचनात्मकता की आवश्यकता होती है और कुछ में नियंत्रण की। कुछ लोगों को निर्देश दिए जाने की ज़रूरत होती है, जबकि कुछ लोगों को प्रेरित किए जाने की आवश्यकता होती है। सफल होने के लिए हमें स्थिति और हमारे आसपास मौजूद लोगों के अनुसार बदलने की ज़रूरत होती है।" नरसी विष्णु हैं, जो जानते हैं कि हर संदर्भ एक युग है और हर युग का अपना उचित अवतार होता है।

जब विरोधी हो...	निम्न तरीक़े का उपयोग करें
मज़बूत	ताक़त
धूर्त	चालाकी
अच्छे इरादे वाले लेकिन अदूरदर्शी	निपटने का पैमाना बदलें

हम तब तक आगे नहीं बढ़ सकते, जब तक हम ना बदलें

कालिय नामक एक साँप ने यमुना नदी के एक हिस्से को विषैला कर दिया था। कोई गाय, ग्वाला या गोपी कालिय के रहने की जगह के पास नहीं जा सकता था। कृष्ण ने पानी में छलाँग लगाई और कालिय को द्वंद्वयुद्ध के लिए चुनौती दी। भयंकर लड़ाई के बाद कृष्ण ने साँप पर क़ाबू पा लिया; उसके फन पर तब तक नृत्य किया, जब तक कि वह अनमने ढंग से वहाँ से जाने को तैयार नहीं हो गया।

"समस्या क्या है?" कृष्ण ने कालिय के प्रति चिंतित होते हुए पूछा। कालिय ने बताया कि गरुड़ उसे खाना चाहता था और एक ऋषि की माया के कारण वह गरुड़ यमुना के उस हिस्से तक नहीं आ पाया। "केवल यही स्थान है, जहाँ पर मैं गरुड़ से सुरक्षित हूँ। यही वजह है कि मैं इस जगह से बाहर नहीं जाना चाहता।" भय के कारण कालिय एक जगह से चिपका रहा। वह जगह उसकी दुर्गा जैसी थी। उसके वहाँ से ना जाने से पानी ज़हरीला हो गया था और वह सबकी नज़रों में खलनायक बन गया था, हालाँकि उसे लगा कि वह स्वयं पीड़ित था, जो खुद को बचाने की कोशिश कर रहा था।

कालिय किसी परित्यक्त बच्चे की तरह महसूस करता है। वह एक ऐसा यजमान चाहता है, जो उसकी सुरक्षा करेगा। किसी के नहीं मिलने पर, उसे स्वयं की सुरक्षा करनी पड़ती है। वह वन में मौजूद उस पशु की तरह है, जो किसी के पास नहीं जा सकता। यमुना नदी का वह मोड़ संगठन, भूमिका व उन नियमों का प्रतीक है, जो उसकी आत्मछवि की गारंटी करते हैं। वह आगे नहीं बढ़ना चाहता। बढ़ोतरी के लिए उसे स्वयं को और अपने आसपास की दुनिया को बदलना होगा। उससे उसे डर लगता है, जब तक कि वह अपनी शर्तों पर नहीं हो। वह अपने पुराने परिचित जीने के तरीक़े में सुरक्षित महसूस करता है और ऐसी किसी भी कोशिश का प्रतिरोध करता है, जो उसे नए अपरिचित तरीक़े की ओर ले जाती है।

लेकिन दुनिया लगातार बदल रही है। हालात कभी स्थिर नहीं रहते। यदि हम सफलता के आने-जाने पर ही ध्यान केंद्रित करेंगे, तो हम हमेशा बेचैन और हताश रहेंगे। दूसरी ओर, यदि हम आगे बढ़ने व गिरने के साथ मिली सीख पर ध्यान दें, तो हमारा विकास होता रहेगा और अपने अस्तित्व के लिए बाहरी दुर्गों पर निर्भर रहने के बजाय हम अपनी आंतरिक शक्ति का सृजन करेंगे।

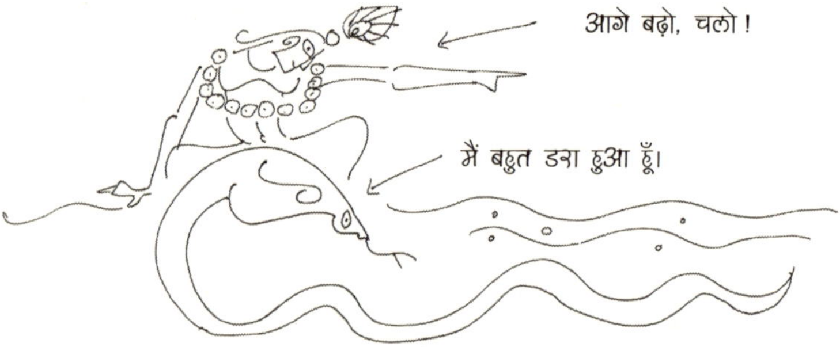

शिवकुमार को एक हफ़्ते पहले स्थानांतरण के निर्देश मिले और वे परेशान हो गए। कई वर्षों से वे बहुत निष्ठा से एक कम्पनी में काम करते रहे थे और यहाँ तक कि उन्होंने कभी एक दिन की छुट्टी कभी नहीं ली। बुख़ार होने पर भी वे दफ़्तर जाते थे। ज़िंदगी भर वे लखनऊ में अपने पुश्तैनी घर में रहे। काम पर चलकर जाते और अपने आसपड़ोस के माहौल का आनंद लेते। अब ऐसा निर्णय! वे उनके साथ ऐसा कैसे कर सकते हैं? वे उनका स्थानांतरण इलाहाबाद कैसे कर सकते हैं? यह ठीक है कि नया कार्यालय स्थापित किया जाना है, लेकिन उन्हें क्यों चुना गया? उन्होंने पदोन्नति भी नहीं ली, ताकि वे वहीं रह सकें। वे लखनऊ में रहने के लिए वेतन में कटौती तक करवा सकते थे। वे बस इलाहाबाद नहीं जाना चाहते थे। लेकिन उनके दिल्ली से आए नए बॉस बहुत दुर्जन हैं और उनसे कोई कारण सुनना नहीं चाहते। "आपको इलाहाबाद जाना ही होगा, शिवकुमार जी। कम्पनी चाहती है कि आप यह करें। मेरे लिए आपका ऐसा करना ज़रूरी है। यह आपकी भलाई के लिए

है।" वहाँ जाने में उनकी क्या भलाई होगी? किसी नई जगह पर जाना, नया आसपड़ोस, नया घर, स्कूल में प्रवेश करवाने का झंझट और घर का सामान वहाँ ले जाना। लखनऊ से चले जाने पर उनके पुश्तैनी घर को कौन देखेगा? उनके माँ–बाप का क्या होगा? क्या उन्हें भी साथ जाना होगा? उनकी माँ तो कभी नहीं मानेंगी। शिवकुमार को लगता है कि दिल्ली से आए उनके बॉस कालिय की तरह हैं, जिन्हें कृष्ण द्वारा वापस भेजा जाना चाहिए। जबकि असलियत यह है कि शिवकुमार स्वयं कालिय हैं। उनके बॉस उनकी क्षमता को पहचान चुके हैं – ना केवल संगठन में योगदान करने की उनकी योग्यता, बल्कि उनके अपने विकास में योगदान की क्षमता को भी। शिवकुमार खुद को कम आँकते हैं। वे संतुष्टि के पर्दे के पीछे छिपते हैं। कहीं गहरे में वे कम्पनी के युवा लोगों से ईर्ष्या करते हैं, जिन्हें पदोन्नति मिल चुकी है और जिन्हें बेहतर बोनस व प्रोत्साहन मिलते हैं। उन्हें तब परेशानी होती है, जब उनके बॉस स्थानांतरण स्वीकार कर लेते हैं, जब उनके पड़ोस में किसी घर को गिराकर नई इमारतें बनाने का रास्ता साफ़ किया जाता है। शिवकुमार के आसपास हर रोज़ हालात बदल रहे हैं, लेकिन वे उसके अनुसार नहीं ढलना चाहते। उनके सामने कुछ नया अनुभव करने का अवसर है, लेकिन वे डर गए हैं। नदी के उस मोड़ के परे गरुड़ का ख़तरा मँडरा रहा है। वे कृष्ण से नाराज़ हैं। वे जाना नहीं चाहते। लेकिन कृष्ण का नृत्य नहीं रुकेगा; स्थानांतरण के आदेश को रद्द नहीं किया जाएगा।

हम परिवर्तन का हमेशा प्रतिरोध करेंगे

भागवत पुराण में कहा जाता है कि एक दिन अक्रूर नामक सारथी कृष्ण को मथुरा ले जाने के लिए वृंदावन आते हैं। जैसे ही कृष्ण अपने भाई बलराम के साथ चलने के लिए तैयार होते हैं, तो गाँव की गोपियाँ रोने लगती हैं। वे रथ के सामने लेट जाती हैं और उसके पहियों से लिपट जाती हैं, वे अक्रूर से विनती करती हैं कि वे कृष्ण को लेकर नहीं जाएँ। कृष्ण उनसे प्रार्थना करते हैं कि उन्हें जाने दें और उन्हें आश्वस्त करते हैं कि वापस आएँगे, लेकिन ऐसा नहीं होता।

इस घटना के साथ भागवत पुराण समाप्त हो जाता है और महाभारत में कृष्ण की भूमिका शुरू हो जाती है। वृंदावन के जंगल के बीचोंबीच स्थित गीत, संगीत व नृत्य की रंगभूमि का स्थान मथुरा, द्वारका, इंद्रप्रस्थ, हस्तिनापुर व कुरुक्षेत्र की रणभूमि ले लेती है।

हर साल आयोजित पुरी का रथ उत्सव कृष्ण के लौटने की उनकी भक्तों की इच्छा की उत्सवपूर्ण अभिव्यक्ति है। वे बहुत थोड़े समय के लिए ऐसा करते हैं और फिर अपने मंदिर में लौट जाते हैं। अंततः गोपिकाओं को उन्हें जाने देना होता है।

गोपिकाओं को कृष्ण की संगति में सुरक्षा मिलती है। वे कृष्ण द्वारा उन्हें दी गई दुर्गा पर आश्रित हो गई हैं। लेकिन उन्हें छोड़कर कृष्ण उन्हें बढ़ने और अपने भीतर मौजूद शक्ति की खोज करने पर विवश करते हैं। अब उनका समय आ गया है कि वे बाक़ी लोगों के लिए कृष्ण बनें। समय आ गया है कि वे दूसरों पर कम आश्रित हों और अपने पर निर्भर हों, तमस गुण से सत्व गुण की ओर बढ़ें।

कृष्ण अपनी प्रिय राधा को पीछे छोड़ देते हैं, क्योंकि कर्त्तव्य की पुकार पर उन्हें मथुरा जाना होगा। उन्हें जाने देकर राधा अधिक स्वतंत्र होकर आगे बढ़ती हैं। लेकिन परिवर्तन के परिणाम होते हैं। कृष्ण फिर कभी वैसी बाँसुरी नहीं बजा पाएँगे, जैसी वे राधा की उपस्थिति में बजाते थे।

हम हमेशा किसी पर आश्रित होकर नहीं रह सकते। हमें स्वतंत्र होना सीखना होगा। राम को अपने हृदय में रखने वाले हनुमान की तरह

गोपिकाओं को भी अपने भीतर कृष्ण को पाना होगा और अपने आसपास आनंद व सुरक्षा का रासमंडल बनाना होगा।

उद्यमियों के एक सम्मेलन के दौरान कालरा ने छोड़ देने के महत्त्व पर बात की, जो लोगों को बढ़ने और ज़िम्मेदारी लेने में मदद करता है। "जब पचास लोग मेरे लिए काम करते थे, तो मैं कारोबार के हर आयाम में हस्तक्षेप करता था। जब लोगों की तादाद बढ़कर पाँच सौ हो गई, तो मुझे बदलना पड़ा और लोगों को भी बदलना पड़ा। मुझे मैनेजरों को स्वयं सोचने की अनुमति देनी पड़ी, ताकि वे कार्यकर्ता से कर्ता में बदल जाएँ। ऐसा करने का एकमात्र तरीक़ा यह था कि वे यजमान बन जाएँ और अन्य लोगों को निर्णय लेने दिया जाए। जब तक हम जाने नहीं देंगे, तब तक आश्रित कभी दूसरों के लिए भरोसेमंद नहीं बन पाएँगे, ऐसे में ना तो वे और ना ही हम आगे बढ़ पाएँगे।"

परिवर्तन के अनुसार ढलना वृद्धि नहीं है

पशु बदलाव के अनुसार स्वयं को ढाल लेते हैं। कुछ शीतनिद्रा में चले जाते हैं और कुछ दूसरी जगहों पर चले जाते हैं। मानव भी परिस्थितियों के अनुसार बदल सकते हैं। बाज़ार व उद्योग की नई सच्चाइयों से क़दम मिलाते हुए संगठनों को बदलना होता है और वह लोगों को बदलने, नए हुनर सीखने और नई संगठनात्मक संरचनाओं के अनुसार ढलने पर विवश करता है। लेकिन इस प्रकार का परिवर्तन वृद्धि नहीं, अनुकूलन है।

वहीं परिणाम पाने के लिए संदर्भ के अनुसार बदलने की क्षमता अनुकूलन है। मानसिकता में आया बदलाव वृद्धि है, जब उसी संदर्भ को अलग ढंग से देखा जा सकता है। अनुकूलता के कारण भूदेवी (प्राकृतिक संपदा) को श्रीदेवी (निजी संपदा) में बदला जा सकता है, चाहे संदर्भ कोई भी हो। दुर्गा (बाहरी शक्ति पर निर्भरता) को शक्ति (आंतरिक शक्ति का आवाहन कर विश्वसनीयता) में बदलना वृद्धि है।

त्रेता युग में रावण शत्रु है। द्वापर युग में दुर्योधन शत्रु है। व्यक्तिपरक दृष्टिकोण से दोनों ही एक-दूसरे से अलग नहीं हैं। दोनों भयभीत हैं। वे वस्तुगत दृष्टिकोण से अलग हैं। रावण शक्तिशाली हैं, जबकि दुर्योधन मक्कार हैं। इसलिए रावण खुले तौर पर राम का सामना करते हैं, जबकि दुर्योधन पांडवों पर क़ाबू पाने के लिए छल-कपट का सहारा लेते हैं।

ठीक इसी प्रकार, विष्णु रावण व दुर्योधन से निपटते हुए अपने तरीक़ों में बदलाव लाते हैं। नियम तोड़ने वाले खलनायक के लिए वे नियमों का पालन करने वाले राम बनते हैं और नियमों का पालन करने वाले खलनायक के लिए वे नियम तोड़ने वाले कृष्ण बनते हैं। ये रणनीतिक बदलाव अनुकूलन की ओर संकेत करते हैं, ना कि वृद्धि की ओर।

वृद्धि तभी होती है, जब ब्रह्मा के पुत्र (दक्ष, इंद्र, रावण और दुर्योधन) विष्णु तक पहुँचने की यात्रा करते हैं, जब उनका लक्ष्य आत्मरक्षा, आत्मप्रचार

व आत्मवास्तविकीकरण से अन्य के लिए सरोकार में बदल जाता है, जिसमें अधिक समावेशिता होती है। यह तभी हो सकता है, जब हम शक्ति को जगाएँ और भय को पीछे छोड़ दें। ऐसी वृद्धि कभी सामूहिक नहीं हो सकती; यह हमेशा वैयक्तिक होती है। लेकिन यजमान एक माहौल तैयार कर सकता है, जहाँ इस प्रकार की वृद्धि को प्रोत्साहित व संभव बनाया जा सकता है।

मैनेजर से अपेक्षा की जाती है कि वह संगठन में हुए परिवर्तनों के साथ अनुकूलन करे। नेता से परिस्थितियों को बदलने, बड़ा दृष्टिकोण रखने की अपेक्षा की जाती है। अनुयायी वही करता है, जो उसके करने को कहा जाए।

जैन प्राचीन ग्रंथों में वसुदेव वृद्धि की दृष्टि से सोचते हैं, चक्रवर्ती अनुकूलता के और तीर्थंकर दोनों पर विचार करते हैं, क्योंकि वे परिस्थिति के अनुसार अनुकूलता और वृद्धि दोनों को समझते हैं।

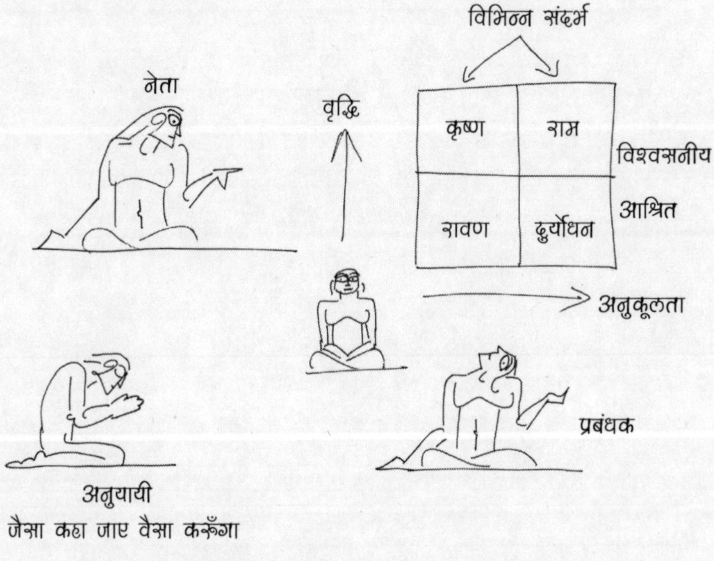

विलय के बाद कम्पनी का ध्यान वस्तु बेचने से ब्रांड बनाने की ओर चला गया। इसका अर्थ था कि सेल्स टीम को अब उत्पाद बेचने के बजाय अवधारणाओं को बेचना था। हर किसी

से बदलने की अपेक्षा थी। जो लोग बदलाव के अनुसार नहीं ढल सके, वे कम्पनी को छोड़कर चले गए। राजीव ने स्वयं को स्थिति के अनुकूल कर लिया और मैनेजर के रूप में काम करते रहे। दूसरी ओर, रोहित इस बात को लेकर उत्सुक थे कि संगठन ने आख़िर अपनी रणनीति क्यों बदली। वे जानना चाहते थे कि बाज़ार में आए किस बदलाव ने कम्पनी में इस तरह के परिवर्तन को प्रेरित किया। रोहित की उत्सुकता ने उनके मस्तिष्क का विस्तार किया और वे कम्पनी की विचार प्रक्रिया को समझ सकें। उनमें आया बदलाव व्यवहार का परिवर्तन नहीं था। राजीव केवल एक मैनेजर थे, लेकिन रोहित में अग्रणी बनने की क्षमता है।

निष्कर्ष

आधुनिक प्रबंधन किसी लक्ष्य का पीछा करने के बारे में है, जिसका उल्लेख अब्राहमी मिथक कथाओं में प्रतिश्रुत भूमि, ग्रीक मिथक कथाओं में एलिसियम के रूप में किया गया है। हिंदू मिथक कथाओं में हालाँकि धन की देवी लक्ष्मी का पीछा करने के विरुद्ध चेतावनी दी गई है, इसका परिणाम टकराव होता है। इसकी जगह वे किसी को खुद को लक्ष्मी को आकर्षित करने वाला बनाने, स्नेह तथा कृपा पाने की सलाह देते हैं ताकि वे हमारी राह में चलती रहें। इसके लिए हमें देवराज इंद्र से थोड़ा कमतर होना पड़ेगा, जो कि अपनी ही भूख के शिकार बन जाते हैं और विष्णु की भाँति होना पड़ेगा, जो कि विश्व के पालक हैं, जो अन्य लोगों की भूख से उपभुक्त होते हैं। विष्णु जानते हैं कि मानव की भूख तीन तरह की होती है धन, शक्ति और ज्ञान।

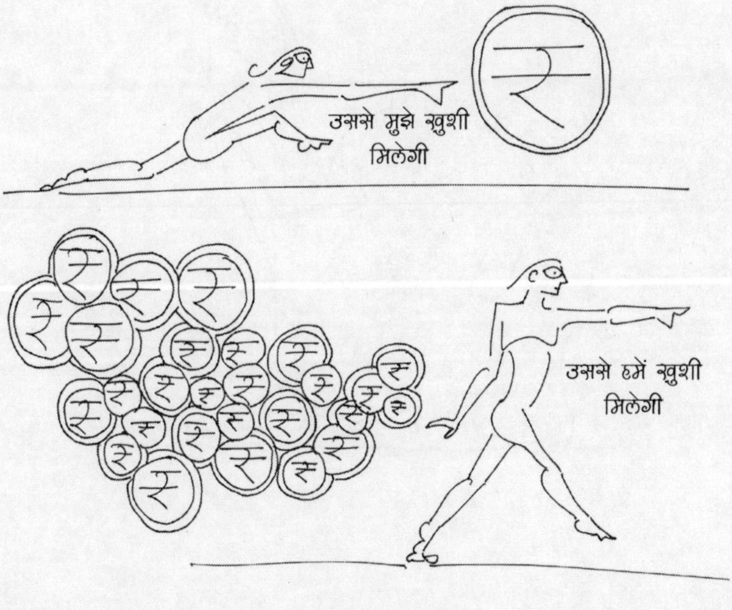

जैसा कि हमने देखा है कि प्रबंधन के प्रति भारतीय दृष्टिकोण के मूल में यज्ञ के कर्मकांड हैं। इन प्राचीन कर्मकांडों का उल्लेख ऋग्वेद के बिलकुल प्रारंभिक स्तोत्र में दिया गया है। इसे सामान्य तौर पर बलि या पूजा के रूप में ग़लत अनुवादित किया जाता है जबकि इसका वास्तविक अर्थ विनिमय है, जो कि किसी भी अर्थव्यवस्था का आधार है। जब हम पाने का आदेश देते हैं तब हम यजमान होते हैं। जब हम कुछ देना नहीं चाहते हैं तो असुर हो जाते हैं। जब हम हथिया लेते हैं तो हम राक्षस हो जाते हैं। जब हम जमा करते हैं तो यक्ष बन जाते हैं। जब हम विनिमय नहीं करते हैं तो हम श्रमण हो जाते हैं, जो कि अपनी भूख से ऊपर उठ चुका होता है और ना जो पोषित होना चाहता है और ना ही पोषित करता है। विष्णु भगवान हैं, जो अपनी भूख से ऊपर उठ चुके हैं। वे केवल देवता को पर्याप्त रूप से पोषित करने के लिए लेते हैं।

कलश सांस्कृतिक संपन्नता
श्रीदेवी असहाय की सहायता
कमल प्राकृतिक संपन्नता भूदेवी
शक्ति ही अधिकार है

पशु प्रवृत्ति प्रभुत्व स्थापित करना, अपने क्षेत्र की रक्षा करना और आक्रामक होना
प्रकृति को अपने अनुकूल करने वाला यंत्र

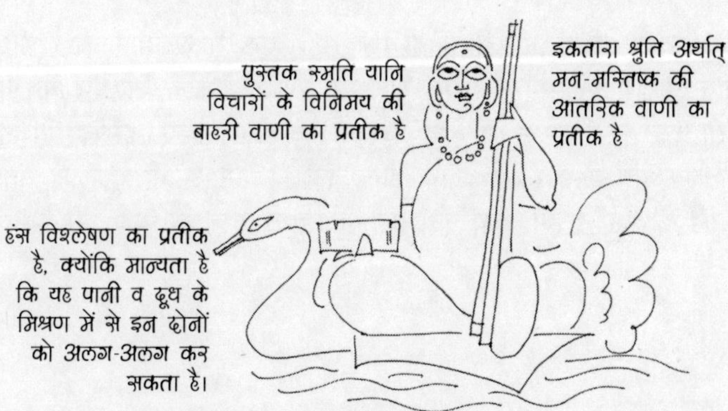
पुस्तक स्मृति यानि विचारों के विनिमय की बाहरी वाणी का प्रतीक है
इकतारा श्रुति अर्थात् मन-मस्तिष्क की आंतरिक वाणी का प्रतीक है
हंस विश्लेषण का प्रतीक है, क्योंकि मान्यता है कि यह पानी व दूध के मिश्रण में से इन दोनों को अलग-अलग कर सकता है।

यजमान एक सामाजिक प्राणी है : उद्यमी, पेशेवर, व्यापारी, प्रमोटर, निर्माता, सेवा मुहैया कराने वाला जो कि किसी शेयर होल्डर की भूख को संतुष्ट करता है। वह जो पाना चाहता है उसके क्रम में भले ही वह ग्राहक, कर्मचारी, विक्रेता, साझेदार, बॉस या निवेशक हो। वह सदैव मानव भूख के प्रति चैतन्य रहता है, जिसकी यदि संतुष्टि नहीं हो तो विश्व में हिंसा हो सकती है, जैसा कि हम आज सर्वत्र देखते हैं।

आधुनिक प्रबंधन आज बिज़नेस को लक्ष्य के समूह या कार्यों के सैट के तौर पर देखने तक सिमटकर रह गया है। लेकिन बिज़नेस अनिवार्य तौर पर लोगों के एक समूह के बारे में है जो एक सिरे पर शेयर धारक की और दूसरे सिरे पर उपभोक्ताओं की भूख को संतुष्ट करता है। बिज़नेस में कर्मचारी तथा उद्यमी समेत प्रत्येक व्यक्ति शेयर होल्डर होता है। वे आवश्यक रूप से ऐसे प्राणी होते हैं जो कि कल्पना कर सकते हैं। प्रत्येक भूखे शिकारी की तरह वह भूख से मरने के भय से गुज़रता है, इसलिए भोजन चाहता है। किसी शिकार लिए डाले जाने वाले चारे की तरह वह परभक्षण से मृत्यु के प्रति आशंकित होता है और इसलिए सुरक्षा तथा शक्ति चाहता है। इसे आगे चलकर कल्पना से ईंधन मिलता है जिससे इंसानों में धन तथा शक्ति के लिए ज़बर्दस्त चाहत पैदा होती है। यही नहीं, इंसान हैरान रहते हैं कि वे कौन हैं, उनका अस्तित्व क्यों है और उनके जीवन का मतलब क्या है। यह अशक्त होने का भय हमें निगल जाता है। इसलिए हर यजमान को लक्ष्मी, दुर्गा और सरस्वती की विस्तृत जानकारी होने की आवश्यकता होती है। लक्ष्मी, दुर्गा और सरस्वती धन, शक्ति तथा ज्ञान की देवियाँ हैं जिनके लिए भूख विभिन्न शेयर होल्डर्स में विभिन्न अनुपातों में मौजूद रहती है।

तीनों देवियाँ (एलडीएस या एलएसडी) एक साथ इंसान की ख़ुशी के तीन आधार हैं। संसार को एक ख़ुशहाल जगह बनाने के लिए हर यज्ञ का, इसी तरह हर बिज़नेस का श्रेष्ठ लक्ष्य अवश्य होना चाहिए। इसलिए बिज़नेस को एक यज्ञ के तौर पर देखना होगा जहाँ कि हम अपनी भूख को संतुष्ट करने के क्रम में हम अन्य की भूख भी संतुष्ट करते हैं। यही धर्म है।

नोट्स

नए शब्दों के साथ नए विश्व बनते हैं, क्योंकि वे नए विचारों का वाहन होते हैं। वे मानस के विस्तार की प्रक्रिया को सक्षम बनाते हैं। ये शब्द मेरी सूत्र सीरीज़ की अन्य पुस्तकों - *बिज़नेस सूत्र, सक्सेस सूत्र* तथा *टैलेंट सूत्र* में भी सामान्यतः आए हैं।

	व्यापार संदर्भ	पारम्परिक संदर्भ
अग्नि	जिसका उपयोग प्रकृति को अनुकूल बनाने व नियंत्रित करने में किया जाता है	अग्नि देवता
अमरावती	आदर्श लक्ष्य, जहाँ बिना किसी प्रयास के सभी आवश्यकताएँ पूरी होती हैं	इंद्र का स्वर्ग
अंकुश	लोगों से काम करवाने के लिए दबाव बनाने व उन्हें पीछे खींचने के लिए इस्तेमाल साधन	हाथी का अंकुश
अर्जुन	अत्यधिक तर्क करने वाला, जो प्रश्न पूछे जाने पर प्रत्युत्तर में तीर की तरह प्रश्न पूछता है	कुशल धनुर्धर तीसरा पांडव
असुर	जिसे लगता है कि उसके अधिकारों को नकारा गया है, परिणामस्वरूप उसमें रोष व महत्त्वाकांक्षा जागती है	देवों के शाश्वत शत्रु
अवसर्पिणी	निराशावादी दृष्टि	किसी युग का क्षय काल
अवतार	किसी दूसरे के हित के अनुसार भूमिका को ढालना	विष्णु का अवतरण
बलि	निर्माण की प्रक्रिया में जो नष्ट होता है	बलिदान

	व्यापार संदर्भ	पारम्परिक संदर्भ
भगवान	ऐसा प्राणी जो भूखा नहीं है, लेकिन अन्य लोगों की भूख पर ध्यान देता है	एक प्राणी जो कभी भूखा नहीं होता लेकिन अन्य का पोषण करता है
भय	असुरक्षाएँ	डर
भीम	जो सोचने के बजाय काम करना चाहता है	शक्तिशाली दूसरा पांडव
भोग	जो भूख को संतुष्ट करता है	उपभोग
भोज	नेता, जो रचनात्मकता व जवाबदेही का संतुलन बनाए रखता है	एक प्रसिद्ध राजा
ब्रह्मा	व्यक्तिपरक सत्य का विषय	सृष्टिकर्ता
ब्रह्मांड	कल्पित वास्तविकता	व्यक्तिपरक विश्व
चक्रवर्ती	अपने राज्य को नियमों से नियंत्रित करने वाला राजा	दुनिया का सम्राट
चंद्र	जो बहुत तुनकमिज़ाज है और जिसके अपने पसंदीदा लोग हैं	चंद्र देवता
चतुर्भुज	कई कार्यों को करने वाला	विष्णु का एक अन्य नाम जो उनकी चार भुजाओं को इंगित करता है
चिंतामणि	हर इच्छा को पूरा करने वाला	स्वर्ग का इच्छापूर्ति रत्न
दक्ष	नियमों के प्रति जुनून रखने वाला	यज्ञ का संरक्षक
दर्शन	व्यक्तिपरक यथार्थ के विषय का अवलोकन	दृष्टि
देव	जो यह देखता है कि उसके अधिकार स्वरूप उसके पास क्या आता है	आकाश में विलासितापूर्वक रहने वाले ब्रह्मा के पुत्र

	व्यापार संदर्भ	पारम्परिक संदर्भ
देवता	यजमान द्वारा शुरू किए गए विनिमय पर प्रतिक्रिया करता है	आवाहन किया जाने वाला ईश्वर
द्रौपदी	कई बॉसों व मातहतों के साथ काम करने वाला	पांडवों की साझा पत्नी
दृष्टि	वस्तुगत यथार्थ का अवलोकन	नज़र
दुर्गा	सुरक्षा व प्राधिकार देने वाली शक्ति	युद्ध की देवी
दुशमा	मंदी	नकारात्मक समय
गणेश	कई प्रकार के दायित्व आसानी से सँभालने वाला और अतैव कई विभागों के बीच संचार करने वाला	हाथी के सिर वाला विघ्ननाशक देवता
गंगू तेली	एक ही प्रकार का काम करने वाला	प्रसिद्ध तेली
गरुड़–दृष्टि	रणनीति, विस्तृत दृष्टि, दीर्घकालीन चिंतन	पक्षी की दृष्टि
गौरी	नियमों पर आधारित संगठन	काली का घरेलू स्वरूप
गोलोक	संपोषणीय आनंदपूर्ण व्यापार	गायों का स्वर्ग
गोबर गणेश	जो बिना किसी अपने दृष्टिकोण के वही काम करता है, जो उसे करने को कहा जाए	प्रसिद्ध मूर्ख चरित्र
ग्राम–देवता	केंद्र के सिद्धांतों को परिधि की वास्तविकताओं के अनुसार ढालने वाला प्रबंधक	गाँव के देवता
हलाहल	किसी कार्यकलाप का नकारात्मक परिणाम	अमृत के साथ आने वाला विष
हनुमान	जो बिना किसी शर्त के, कोई प्रश्न पूछे बिना आज्ञापालन करता है	राम के सेवक वानर, जिनकी पूजा की जाती है
इंद्र	जो हमेशा निवेश पर उच्च प्रतिफल चाहता है	देवों के राजा

	व्यापार संदर्भ	पारम्परिक संदर्भ
इष्ट–देवता	हमारी निजी इच्छाओं को पूरा करने वाला	निजी देवता
कैलाश	जहाँ कोई भूख नहीं है	शिव का निवास
काली	बिना किसी नियामक नियंत्रण वाला बाज़ार	देवी गौरी का वन्य स्वरूप
कल्पतरु	हर इच्छा संतुष्ट करने वाला	इच्छापूर्ति वृक्ष
काम	मस्तिष्क के दाएँ भाग की गतिविधि, रचनात्मकता जिसे संरचना पसंद नहीं	इच्छा के देव
कामधेनु	हर इच्छा पूरी करने वाली वस्तु	इच्छापूर्ति गाय
कर्म	कार्यकलापों के परिणाम	कारण व परिणाम का चक्र
कर्ता	निर्देश देने वाला व्यक्ति	नेता
कार्यकर्ता	निर्देशों का पालन करने वाला व्यक्ति	अनुयायी
कौरव	वे जो ज़िद में आकर सीखने से मना करते हैं	दुर्योधन के नेतृत्व में सौ भाई, जो पाँच पांडवों का विरोध करते थे
कृष्ण	दूसरों की उनके शर्तों पर वृद्धि में सहायता करने के लिए नियम तोड़ने वाला	विष्णु का गोपाल अवतार
कुबेर	जमाख़ोरी करने वाला	यक्षों का राजा
कुल–देवता	विभागीय सहायता देने वाला	परिवार का देवता
लक्ष्मी	सम्पत्ति	धन-संपदा की देवी
मिट्टी का माधव	जो वही काम करता है, जो उसे कहा जाए और जिसकी अपनी कोई दृष्टि नहीं होती	लोक चरित्र
नकुल	जो अच्छा दिखता है, लेकिन कोई काम नहीं करता	बहुत मनोहर चौथा पांडव
नारद	तुलना व विषमता दिखाकर लोगों में असुरक्षा की भावना जगाने वाला	मुश्किल खड़ी करने वाले ऋषि

	व्यापार संदर्भ	पारम्परिक संदर्भ
नारायण	मानव संभाव्यता	देवता
नारायणी	संसाधन	देवी
निर्गुण	जिसे नापा नहीं जा सकता	अमूर्त
पांडव	विद्यार्थी, जो ग़लतियाँ कर चुके हैं, लेकिन सीखने के लिए तैयार हैं	महाकाव्य महाभारत के पाँच नायक
परशु	विश्लेषण	कुल्हाड़ी
परशुराम	नियम तोड़ने वालों को सख़्ती से सज़ा देने वाला नेता	विष्णु का योद्धा-ऋषि स्वरूप
पाश	संश्लेषण	फंदा
प्रकृति	भौतिक विश्व	कुदरत
प्रलय	किसी संगठन या बाज़ार का अंत	विश्व का अंत, जब सबकुछ समुद्र में डूब जाता है
पुरुष	कल्पना	मानवता
राधा	बिना किसी ईर्ष्या के किसी प्रतिभा को जाने देने वाला नेता	कृष्ण की प्रेमिका ग्वालिन
राक्षस	शक्ति के बल पर चीज़ों को लेने वाला	हथियाने वाला दानव
राम	दूसरों की उनकी शर्तों पर विकास में सहायता करने के लिए किसी भी क़ीमत पर नियमों का पालन करने वाला	विष्णु का राजसी स्वरूप
रणभूमि	प्रतिस्पर्धात्मक वातावरण	युद्धभूमि
रंगभूमि	आनंदपूर्ण वातावरण, जहाँ हर किसी की वृद्धि होती है	खेल की भूमि
रावण	दूसरों की क़ीमत पर अपनी वृद्धि के लिए नियम तोड़ने वाला	राक्षसों का राजा

व्यापार संदर्भ		पारम्परिक संदर्भ
ऋषि	अन्य लोगों से अधिक अंतर्दृष्टि रखने वाला	वह देख सकने वाला मनीषी, जिसे अन्य लोग नहीं देखते
सगुण	जिसे नापा नहीं जा सकता	मूर्त
सहदेव	समस्याओं के हल जानने के बावजूद जो पूछे जाने पर ही बोलता है	सबसे छोटा पांडव, जो बहुत बुद्धिमान था और पूछे जाने पर ही बोलता था
संस्कृति	तहज़ीब	समाज
सरस्वती	मानव कल्पना	ज्ञान की देवी
सर्प–दृष्टि	युक्ति, संकीर्ण दृष्टि, लघुकालीन सोच	साँप की नज़र
सत्र	कई प्रक्रियाओं वाला संगठन	कई यज्ञों का जटिल समुच्चय
शक्ति	सहज ताक़त, क्षमता व सामर्थ्य	शक्ति की देवी
शंकर	वह जो संतुष्ट है और अन्य लोगों के प्रति संवेदनशील है	शिव का अन्य नाम
शारदा	पुरुष का ज्ञान	ज्ञान की देवी
शेख़चिल्ली	सपने देखने वाला, जिसकी किसी के प्रति कोई जवाबदेही नहीं है	सपने देखने वाला लोक चरित्र
शिव	जो स्वतंत्र है, लेकिन दुनिया से तटस्थ है	नाश करने वाले देवता
श्रुति	निजी विचार, जिन्हें साझा नहीं किया जा सकता	आंतरिक वाणी जो सुनी जाती है लेकिन बोली या प्रसारित नहीं हो सकती

	व्यापार संदर्भ	पारम्परिक संदर्भ
स्मृति	सार्वजनिक विचार, जिन्हें बाँटा जा सकता है	बाहरी वाणी, जिसे बोला या प्रसारित किया जाता है, लेकिन ज़रूरी नहीं कि उसे सुना भी जाए
स्थूल शरीर	हम शारीरिक तौर पर जैसे दिखाई देते हैं	भौतिक शरीर
सूर्य	जो कांतिमान है और सबका ध्यान अपनी ओर आकर्षित करता है	सूर्य देवता
सुशमा	तेज़ी	सकारात्मक समय
स्वाहा	निवेश	मैं जो अर्पित करता हूँ
स्वर्ग	इंद्र का स्वर्ग	अमरावती का दूसरा नाम
तपस्या	आत्मविश्लेषण, चिंतन-मनन, विश्लेषण करने का कार्य	तप (मानसिक अग्नि)का मंथन
तथास्तु	परिणाम	ऐसा ही हो
उत्सर्पिणी	सकारात्मक दृष्टि	समय की आरोही गतिविधि
वैकुंठ	ऐसा कार्यस्थल, जिसमें बिना किसी टकराव के सब साथ काम करते हैं	क्षीरसागर के मध्य विष्णु का निवास-स्थान
वामन	जो इतना विशाल हो जाता है कि बाक़ी लोग स्वयं को छोटा व नगण्य समझने लगते हैं	विष्णु का वामन अवतार
वसुदेव	जो कार्यकलापों से संचालित होता है क्रियाकलापों से संचालित नायक	संपदा की इच्छा रखने वाला

	व्यापार संदर्भ	पारम्परिक संदर्भ
वेताल	प्रश्न पूछने वाला समन्वयक, जिनसे चिंतन जागता है, लेकिन वह स्वयं उत्तर नहीं जानता	ऐसा शिक्षक जो कभी विद्यार्थी के पास नहीं जाता और जो अशांत करने वाले चिंतन को जगाता है
विक्रमादित्य	शिक्षक के पास जाने वाला विद्यार्थी	एक प्रसिद्ध राजा
विष्णु	दूसरों को उनकी अपनी शर्तों व अपनी गति से वृद्धि करने में सहायता करके जो स्वयं अपनी शर्तों पर वृद्धि करते हैं	देवता, जो संरक्षण करते हैं
यज्ञ	लेन-देन की प्रक्रिया	वैदिक अग्नि अनुष्ठान
यजमान	लेन-देन के प्रस्ताव की शुरुआत करने वाला	संरक्षक
यक्ष	जमाख़ोरी करने वाला	ब्रह्मा का जमाख़ोरी करने वाला पुत्र
यम	मस्तिष्क के बाएँ हिस्से की गतिविधि, जो अत्यधिक संरचित होती है	मृत्यु का देवता
योग	भूख से आगे बढ़ जाना	सुयोजन
युधिष्ठिर	न्यायी, लेकिन सरल नेता	सबसे बड़ा पांडव

देवदत्त पट्टनायक की अन्य पुस्तकें

बिज़नेस सूत्र

अपनी इस विशिष्ट पुस्तक में बेस्टसेलिंग लेखक, लीडरशिप कोच और पुराण-विद्या विशेषज्ञ देवदत्त पट्टनायक बताते हैं कि किस प्रकार वस्तुनिष्ठता के आवरण के बावजूद आधुनिक प्रबंधन की जड़ें पश्चिमी मान्यताओं में हैं, जो कठोर उद्देश्यों को प्राप्त करने व शेयरहोल्डर वैल्यू को बढ़ाने के लिए प्रतिबद्ध हैं। इसके ठीक विपरीत, व्यवसाय करने का भारतीय तरीक़ा (जैसा कि भारतीय पौराणिकता में स्पष्ट है, लेकिन जो अब चलन में नहीं है) स्वयं में व्यक्तिपरकता एवं विविधता को समेटता है और सफलता प्राप्त करने का सम्मिलित व अधिक प्रभावी तरीक़ा प्रस्तुत करता है। इसमें दर्शन, यानी हम दुनिया को कैसे देखते हैं और समृद्धि की देवी लक्ष्मी के साथ हमारे संबंध को बहुत महत्त्व दिया जाता है।

बिज़नेस सूत्र सफलतापूर्वक चाय की दुकान चलाने से लेकर किसी बहुराष्ट्रीय कंपनी में प्रतिभा विकसित करने जैसी व्यावसायिक स्थितियों को समझने के लिए हिंदू, जैन व बौद्ध पौराणिकता से ली गई कथाओं, प्रतीकों और अनुष्ठानों का उपयोग करती है। पुस्तक का मुख्य आधार है कि यदि हम मानते हैं कि समृद्धि का पीछा किया जाना चाहिए, तो कार्यस्थल रणभूमि यानी निवेशकों, नियामकों, नियोक्ताओं, कर्मचारियों, विक्रेताओं, प्रतिद्वंद्वियों और ग्राहकों की युद्धभूमि बन जाता है; यदि हमारी धारणा है कि समृद्धि को आकर्षित किया जाना चाहिए, तो कार्यस्थल रंगभूमि बन जाता है, यानी ऐसी जगह जहाँ सभी प्रसन्न रहते हैं।

तार्किक, मौलिक और पूरी तरह सुगम *बिज़नेस सूत्र* विविधता से भरे हुए, तेज़ी से बदलते और लगातार होते ध्रुवीकरण में प्रबंधन, व्यवसाय और नेतृत्व के प्रति नए व सूक्ष्म दृष्टिकोण को प्रस्तुत करती है।

सक्सेस सूत्र

अधिकतर व्यक्ति धन और सफलता के भूखे होते हैं। ऐसी बहुत सी प्रबंधन पुस्तकें हैं जो इस बात की सैद्धान्तिक तथा तकनीकी जानकारी देती हैं कि कैसे धनी और सफल बना जाए। ये सभी पुस्तकें हमें धन की देवी लक्ष्मी का पीछा करने की सलाह देती हैं, ताकि हम उन्हें अपना बना सकें। लेकिन प्रसिद्ध चिंतक तथा पुराण-विद्या विशेषज्ञ देवदत्त पट्टनायक लिखते हैं कि समृद्धि तथा संतृप्ति के बारे में भारतीय दृष्टिकोण देवी का अंधाधुंध पीछा करने के विरुद्ध चेतावनी देता है। इसके बजाय हमें उसे पाने के लिए अपनी भूख संतुष्ट करने के लिए अन्य लोगों की भूख को संतुष्ट करना चाहिए। यदि हम यह मूलभूत सच्चाई सीख लें और इस पर अमल करें तो लक्ष्मी हमारे घरों तथा जीवन में बसने लगेंगी।

पट्टनायक की मशहूर बेस्ट सेलर *बिज़नेस सूत्र* से निकली यह पुस्तक प्रबंधन, बिज़नेस तथा धन व सफलता को सृजित करने के बारे में सबक़ों तथा अंतर्दृष्टियों से भरपूर है।

टैलेंट सूत्र

हिंदू धर्म के साथ-साथ बौद्ध धर्म तथा जैन धर्म में सरस्वती ज्ञान की देवी हैं। उनका नाम कल्पना के प्रवाह (सरस) से निकला है। मानव की कल्पना हमें खोज और नई राह बनाने; दृश्य आकल्पन, योजना तथा प्रबंधन और जोखिम कम करने में सक्षम बनाती है। हालाँकि बिज़नेस की दुनिया में कल्पना को बुरा शब्द माना जाता है। यह हमें निश्चितता से वंचित कर देती है। हम उन लोगों की कल्पना को नियंत्रित करना चाहते हैं जो हमारे लिए काम करते हैं, उनके मस्तिष्क को काम से ध्यान नहीं हटाने से रोकते हैं। तो भी हर व्यक्ति एक परिकल्पित वास्तविकता में जीता है। यह जानने से हमें प्रतिभा के साथ काम करने, मज़बूत रिश्ते बनाने तथा लोगों को वफ़ादारी तथा धैर्य के साथ किसी भी हालात का मुक़ाबला करने के लिए तैयार करने में मदद मिलती है। कल्पना पहचानने में विफलता वह कारण है जिससे घराना संचालित व्यापार समूह पेशेवरों का प्रबंधन करने में असमर्थ हो जाते हैं और कैसे पेशेवराना ढंग से संचालित हो रहीं कंपनियाँ अप्रभावी, यांत्रिक प्रतिभा प्रबंधन प्रणालियाँ बना लेती हैं। प्रशिक्षण, सीखना और विकास केवल कौशल और ज्ञान तथा विकास तथा संपन्नता के बारे में नहीं हैं, वे इंसानी-पशु की सराहना करने के बारे में हैं, यह पहचान होती है कि ना तो हम और ना ही हमारे आस-पास के लोग प्रोग्राम करने योग्य मशीनें नहीं हैं जिन्हें कि हम चालू करें और खेल सकें। किसी भी संगठन को चलाए रखने के लिए लोगों और इसलिए रिश्तों का प्रबंध ज़रूरी है।

देवदत्त पट्टनायक की प्रभावी बेस्टसेलर *बिज़नेस सूत्र* से निकली यह पुस्तक कार्यस्थल पर रचनात्मकता, प्रतिभा को पोषित करने तथा टीमवर्क के महत्त्व जैसी धारणाओं को खँगालती है। यह पुस्तक नियोक्ताओं तथा प्रबंधकों को और प्रभावी बनने में मदद करेगी ताकि वे अपनी टीम को साथ लेकर चल सकें।

अनुवादक की ओर से

यह एक रोचक, ज्ञानवर्धक और अपनी विरासत को अलग ढंग से देखने में मदद करने वाली पुस्तक है। इसे पढ़ना जहाँ एक आनंददायक अनुभव रहा, वहीं इसका अनुवाद करना कुछ चुनौतियों से भरा था। सबसे पहली चुनौती यह थी कि माइथोलॉजी शब्द को किस प्रकार व्यक्त किया जाए, विशेषकर जब दुनिया भर की माइथोलॉजी की बात हो रही हो। दूसरी यह कि कठिन शब्दावली का हिंदी अनुवाद कर दिया जाए या फिर तकनीकी शब्दों को जस का तस ही रहने दिया जाए। सरल से उदाहरणों में छिपे गूढ़ अर्थों एवं व्याख्याओं को व्यक्त करना भी थोड़ा मुश्किल भरा काम था।

इस सबके बावजूद यह कहा जा सकता है कि इस पुस्तक को पढ़ना, समझना व उसका अनुवाद करना बहुत दिलचस्प रहा। पश्चिम के दर्शन व पूर्व के दर्शन के बीच के अंतर को समझकर हम स्वयं को और अपनी संस्कृति को अच्छी तरह समझ सकते हैं। हम यह जान सकते हैं कि जो कुछ है, वह क्यों है और उसके विकास के पीछे कौन से कारण मौज़ूद रहे हैं।

इस पुस्तक की कथा-वस्तु लेखक की अनूठी सोच को प्रदर्शित करती है। पाठकों से आग्रह है कि वे धीरज के साथ इस कथा का आनंद लें, चूँकि आज हम सभी अंग्रज़ी में सोचने के आदि हो चुके हैं, भले ही हमारी बोलचाल की भाषा कोई अन्य ही क्यों न हो। इस पुस्तक का अंग्रेज़ी से हिन्दी में अनुवाद करना आसान नहीं था, इसका एक कारण यह भी था कि दोनों भाषाओं के पाठक-वर्ग अपनी विशिष्ट विचारधारा से जुड़े हैं और उसी के अनुरूप अपेक्षाएँ रखते हैं।

यह पुस्तक जीवन का हिस्सा रहे अनुष्ठानों, पौराणिक कथाओं व दैनिक पूजा-अर्चना की एक अलग ढंग से व्याख्या करती है कि कैसे छोटे-छोटे प्रतीक कितनी बड़ी बातें कह जाते हैं। वे बातें जो हमेशा से प्रासंगिक थीं और हमेशा प्रासंगिक रहेंगी। उदाहरण के लिए, लक्ष्मी, सरस्वती व शारदा

के बारे में समझकर हम यह जान पाते हैं कि क्यों केवल भौतिक विकास ही वास्तविक विकास नहीं है, उसके साथ-साथ स्वयं को, अपने आसपास के परिवेश को समझना और अपना विकास करना ही असल में संपूर्ण विकास है। पुस्तक ऐसे छोटे-बड़े उदाहरणों से भरी है, जो जीवन को देखने के कुछ अलग दृष्टिकोण को विकसित करने में सहायता करते हैं। पौराणिक कथाएँ केवल धार्मिक अनुष्ठान या रीति-रिवाज ही नहीं है, यह जीवन को समझने का माध्यम भी है, और यह पुस्तक इसे समझाने में सफल रही है।

सबसे अच्छी बात यह है कि यह पुस्तक किसी तरह के समाधान प्रस्तुत करने का दावा नहीं करती। पाठक स्वयं अपनी परिस्थितियों का विश्लेषण कर यह समझ सकते हैं कि उनके संदर्भ में कौन-सी बात लागू हो सकती है या फिर कौन-सा तरीक़ा काम आ सकता है। यह सब बहुत सूक्ष्म स्तर पर होता है। यह एक रोचक किताब है, जो हमें अपनी संस्कृति से जुड़े प्रतीकों, कर्मकांडों के पीछे मौजूद विचारों व तर्कों और हमारे अपने विकास के बारे में बताती है।